www.tredition.de

AF185061

Bernhard Schaffrath

Die Angst vor dem "Nichts"

Anna

www.tredition.de

© 2020 Bernhard Schaffrath

Verlag und Druck:
tredition GmbH, Halenreie 40-44, 22359 Hamburg

ISBN
Paperback: 978-3-347-19945-3
Hardcover: 978-3-347-19946-0
e-Book: 978-3-347-19947-7

1. Anna

Anna hatte sich gemeldet, nach so vielen Jahren hatte sie ihr Kommen in Aussicht gestellt.

Anna hatte sich gemeldet, sie wollte vorbeischauen, wäre in der Nähe, nur ein kurzer Besuch.

Anna hatte sich gemeldet, würde einen Abstecher machen zu dem kleinen Ort am Gardasee, den sie sich beide einmal gewählt hatten als die Erfüllung ihrer Wohnträume.

Anna!

Karl liebte Anna, er hatte sie immer geliebt, schon in sehr jungen Jahren ausgesucht als die Frau, mit der er sein Leben verbringen wollte. Anna hatte lange gezögert, dann Ja gesagt und ihn unendlich glücklich gemacht. Zwei Kinder von Anna und Karl machten das Eheglück komplett und bald galten die beiden als Vorzeigefamilie mit Bestand. Natürlich gab es Krisen, aber letztendlich war für beide immer klar, dass sie zusammenbleiben wollten.

Und Anna liebte Karl. Das erste Kind kam während ihres Studiums. Dann nach langer Werbung von Karls Seite endlich ihre Zustimmung zur Heirat. Dann kam das zweite Kind. Damals lebte man in Gemeinschaft mit anderen Paaren, weil die familiären Einbindungen fehlten. Großeltern oder ehelose Verwandte, die sich um die junge Familie und ihre Probleme, vor allem um die Kinderbetreuung kümmerten, gab es nur noch auf dem Lande. In der Stadt fehlte dieses manchmal schmerzhaft. Aber man wusste sich immer wieder zu arrangieren und zur Not nahm man die Kinder eben überall mit.

Während Anna ihr medizinisches Studium erfolgreich abschloss, betreute Karl die Kleinen, so gut er eben konnte. Dies war zwar nicht immer optimal, aber es wurde viel gelacht und jede Gelegenheit genutzt, mit der ganzen Familie Ausflüge zu machen oder auch nur ein gemeinsames Filmerlebnis zu genießen.

Dabei sprach Anna immer wieder vom Auslandseinsatz, was als Wunschgedanke durchaus seine Berechtigung hatte, angesichts der Familie aber kaum einem realen Hintergrund entsprach. Sie traf sich öfter mit Gleichgesinnten, die zum Teil dann auch als Ärzte nach Afrika gingen, aber dies blieb bei unverbindlichen Begegnungen. Meist wurden diese Auslandseinsätze von reger Briefmitteilung begleitet, in der die Kollegen über ihre Erfahrungen schwärmten. Negative Erlebnisse kamen selten in den Mitteilungen vor, und wenn, dann waren sie mit naheliegenden Lösungen verbunden. So entstand ein zunehmend optimistisches Bild der Arbeit im Ausland, was immer stärker in Kontrast zu Annas täglicher Arbeit trat.

Der tägliche Ablauf, den Anna nach der Assistenzzeit erlebte, und die zermürbende Verwaltungsmühle, die die Arbeit im Krankenhaus strukturierte, erzeugten schnell bei den Ärzten eine angepasste Lethargie oder zunehmenden Ärger, der sich dann an manch unpassender Stelle entlud, eben nicht selten Zuhause. Hinzu kamen die Einsparungsvorgaben, die nicht nur die Kollegenzahl und das Pflegepersonal reduzierten, sondern auch die Häufigkeit der Nachtschichten auf ein Höchstmaß an Erträglichkeit steigerten.

Trotzdem arbeitete Anna an der Klinik unbeirrt weiter, klagte nur wenig über die manchmal schier unerträglichen Dienstabläufe und verbrachte die wenige Zeit, die ihr blieb, lieber mit der Familie, ohne diese mit ihren Gedanken und Wünschen zu behelligen. Denn sie wusste sehr gut, dass ein Klagen über bestehende Verhältnisse diese nicht ändern würde. Und die Veränderung selbst durchzuführen, sah sie sich nicht mutig genug, zumal sie damit Familie und bestehende Lebensbedingungen hätte verlassen müssen.

Karl verirrte sich derweilen in ergänzenden Studienrichtungen, bis er schließlich mit universitären Lehraufträgen erste stabilere Verhältnisse bieten konnte. Dass fast die gesamte sichere Versorgung der Familie auf Anna lastete, blieb Karl zwar nicht verborgen, aber er realisierte die Folgen einer solchen Verantwortung nicht. Vor allem war ihm nicht klar, dass Anna alle ihre Wünsche hatte zurückstecken müssen, um ein stabiles Einkommen zu garantieren.

Vielleicht hätte Karl hier sensibler zuhören müssen, wenn Anna von anderen Welten und sozialen Aufgaben träumte, aber wie so oft im Leben glaubt man als Mann an das Funktionieren des Jetzt, solange dies nicht tatsächlich und massiv in Frage gestellt wird. Und damit verpasst man sehr oft Signale, die man hätte hören müssen. Aber man tut es eigentlich nicht aus Bosheit oder Ignoranz.

Als es Karl schließlich gelang, mit Frau und Kindern ein kleines Anwesen zu erwerben, fühlte er sich unsagbar glücklich. Die Arbeit belastete beide zwar zeitlich sehr umfassend, aber sie machte beiden Spaß und brachte genug Geld, um die kleine Familie gut durchzubringen und angenehm zu wohnen. Der Wohnraum bot jedem ein eigenes Zimmer und sogar ein wenig Hof und Garten gehörte zum Lebensumfeld.

Beide versuchten, so viele gemeinsame Erlebnisse mit den Kindern zu haben, wie nur irgend möglich. Dass manchmal zeitliche Engpässe auftauchten, war in vielen anderen jungen Familien, denen man freundschaftlich verbunden war, ebenso an der Tagesordnung. Aber man hatte das Gefühl, sich durch ordentliche Arbeit am Leben zu erhalten und sich auch den einen oder anderen Luxus im Urlaub gönnen zu können.

Vielleicht aber war dies alles zu viel für die beiden, elterliche Unterstützung fehlte zum Beispiel ganz. Und nicht selten trafen sich Anna und Karl bei der Übergabe der Kinder, eine längere Unterhaltung war dann oft nicht möglich. Und auch am Wochenende fehlte Anna schmerzhaft, wenn sie wieder einmal Zwölftagebereitschaft hatte und diese in der Klinik verbringen musste.

Auch die vielen Freunde in gleichem Alter und in ähnlichen Verhältnissen brachten zunehmend Probleme und Krisen mit, zogen sich zurück aus persönlichen Gründen oder bewegten sich auf Beziehungstrennungen zu. Vielleicht lag es daran, dass die meisten sich im Alter zwischen Dreißig und Vierzig befanden. Erste Überlegungen nach Kinderaufzucht und beruflich gesicherter Position steuerten dabei oft auf die alles entscheidende Frage hin, ob das, was man letztendlich erreicht hatte und tagtäglich machte, auch das war, was man mal irgendwann gewollt hatte. Und allzu oft blieb die der Beziehung zustimmende Antwort aus oder zeigte sich erst nach langer und mühsamer Überlegung.

„Ob ich diese Position des Lebens, so wie ich sie jetzt erreicht habe, überhaupt je gewollt habe? Ob ich diese Leben weiter so führen will?"

Anna hinterfragte oft das Jetzt und Karl war froh, wenn sie die Frage so formulierte, dass sie scheinbar keine Antwort erwartete. Denn er hätte sie nicht geben können, zumal er fürchtete, dass eine korrekte Antwort zur grundlegenden Veränderung des jetzigen Lebens führen würde. Aber Anna beklagte sich auch nie, dass ihr gemeinsames Leben immer mehr bürgerliche Züge annahm, und oft sagte sie auch bewusst „ja" dazu. Denn, dass dies bis in alle Zukunft dauern würde, bedeutete in ihrem Alter noch eine kleine Ewigkeit, der man viele Änderungsmöglichkeiten zutraute.

Es war also durchaus normal, dass Ehepaare in dieser Altersperiode den Sinn ihres Daseins hinterfragten und mit Inhalt füllen wollten, der über tägliches Einerlei hinaus noch Perspektiven bot. Immerhin war man auch noch in einem Alter, welches jede Änderung mitmachen würde.

Die Bekanntschaften, die sich mehr oder weniger ebenso in Krisen befanden, versuchten diese leider zu verheimlichen, anstatt sie zu formulieren und mit anderen zu diskutieren, die Ähnliches erlebten. Hätte man sie angesprochen, wäre manch eine tragische Entwicklung im selbstgewählten Alleingang zu verhindern gewesen. So aber versuchte jeder für sich seine Probleme zu lösen und blieb letztendlich mit dem Partner allein, der aber selbst bis zum Hals in eigenen und gemeinsamen Konflikten steckte.

Und nicht selten trafen sich dann die Betroffenen zum verzweifelten Austausch unter Tränen, wenn das Ausmaß der Geschehnisse eigentlich mit Gesprächen nicht mehr zu lösen war. Man steckte mitten in einer schwierigen Zeit, in der alles Reden und Zähneknirschen nicht wirklich half. Hätte man nur vorher mal geredet, sich einen Rat geholt. Aber wer wollte schon als Versager in einem perfekten Leben dastehen.

Denn erst im Krisengespräch, wenn längst Dinge passiert waren, die weit über akzeptable Grenzen reichten, wurden vergleichbare Fragen, ähnliche Überlegungen und Zweifel als gemeinsam erkannt, die aber keine rationale Lösungen finden konnten, da die Folgegeschehnisse eigentlich schon eine Beziehungsklärung und gemeinsame Zukunftsplanung mit dem Partner fast ausschlossen. Es hätte unter Umständen im Vorfeld noch Möglichkeiten der Einigung gegeben, nicht aber, wenn längst andere Beziehungen eine Rolle spielten oder gespielt hatten. Spätestens hier verweigerten sich die meisten einer Fortführung ihrer Ehe und verließen enttäuscht oder unauslöschlich verletzt das gemeinsame Bett.

Ob sich in diesen Fällen eine Fortführung der Beziehung wirklich positiv entwickelt hätte oder vielleicht eben später zerbrochen wäre, war unklar. Immerhin gab es eindeutig formulierte Gründe für die Trennungen, die wahrscheinlich noch aus der Erziehung der sechziger Jahre stammten und eine Beziehungsfortführung nach Fremderlebnissen ausschlossen.

Dabei war leider sehr oft die Liebe, die angeblich verloren war, nicht Grund der Trennung. Denn da, wo sie nicht mehr existierte, machte man sich auch keine größeren Gedanken über das, was weiter passieren sollte. Und dabei waren viel zu oft noch kleine Kinder weniger Hindernis als etwa ein gemeinsames Haus, was jetzt aufzuteilen war. Nicht selten stritten sich die Eheleute um diverse Tassen, Teller, Möbelstücke oder den Hund unter bereitwilliger Akzeptanz immenser Kosten, die dadurch für Gericht und Anwälte entstanden. Für den Unterhalt der Kinder zu sorgen, war dann auf einmal zu teuer

Da aber, wo noch Liebe war, weinte man über Geschehenes, überlegte Zukunftswege und die Möglichkeiten, sie mit dem zu Recht verletzten Partner zu besprechen, und hoffte vielleicht auf eine wenigstens friedliche Einigung.

Immerhin eine schwierige Phase in den Beziehungsgeschichten vieler Paare, deren intensivste Bemühungen leider meist eher die Verschleierung ihrer Beziehungskiste als das Ansprechen ihrer Probleme war.

Früher hatte man dafür die Familie, sicherlich rigide in ihren Vorgaben, aber immerhin so streng, dass man zigmal nachdachte, ob man sich wirklich trennen musste. Jetzt blieb der Partner allein, selbst betroffen und für eigene Lösungen zu stark verstrickt in der Beziehung. Die Kinder waren aus dem Gröbsten heraus, aber doch noch zu klein, um dann wirklich beratende Helfer sein zu können. Sie blieben die Opfer der erlebten Trennungsgeschichten und hatten oft Jahre später mit der Aufarbeitung des Erlebten zu tun.

So existierte man auf Festen eher nebeneinander, bevorzugte Witze über problematisches Eheleben und glaubte zu beobachten, dass der Nachbar offensichtlich keine Krise hatte.

2.Die Sache mit Peter

Und dann war da die Sache mit Anna und Peter.

Anna hatte sich um eine Fortbildungsreihe bemüht, die sie zur Behandlung von Tropenkrankheiten spezialisierte. Allerdings befand sich die anbietende Einrichtung etwa tausend Kilometer von ihrem Wohnort entfernt in Verona in Norditalien, was für sie nahelegte, dort vorübergehend eine kleine Wohnung zu nehmen. Als Standort wählte sie einen kleinen Ort etwas oberhalb des Gardasees, da sie schon immer ein Flair für diese Gegend hatte. Die Entfernung zur weiterbildenden Klinik war mit dem Auto zu schaffen.

„Ich komme auch an den Wochenenden nach Hause und es ist ja nur für eine begrenzte Zeit", versuchte sie die Familie zu beruhigen.

Aber Karl war nicht glücklich mit dieser Entscheidung, zumal er nicht unbedingt einsah, warum sie diese Zusatzqualifikation erwerben wollte.

„Du brauchst diese Qualifikation doch gar nicht bei deiner alltäglichen Arbeit. Es wird eine zusätzliche Belastung für die Familie. Warum also diesen Aufwand?"

Dass Anna ihm die Antwort schuldig blieb, hätte ihm zeigen müssen, dass vielleicht viel mehr hinter diesem Entschluss steckte als die vordergründige Zusatzausbildung. Aber die Entscheidung war nun mal von Anna getroffen worden und immerhin war die auf zu wendende Zeit begrenzt.

Anna erreichte mit dieser Entscheidung die Möglichkeit für sich, einmal aus der alltäglichen Routine von Familie und Beruf auszubrechen. Sie würde neue Menschen kennen lernen, die vom Auslandseinsatz erzählten oder ihre damit verbundenen Planungen diskutierten. Sie würde vielleicht neue Perspektiven des Umgangs mit Familie und Beruf erfahren. Und sie würde nach etwa acht Wochen wieder zurück sein, hoffentlich mit neuem Elan. Denn die Kraft, sich dem täglichen Einerlei zu stellen, war aufgebraucht und auch die Familie konnte diese Leere nicht mehr auffüllen.

Zudem ging Anna auf die vierzig zu, immer noch sehr attraktiv und jugendlich und körperlich fit, aber mit der drohenden Altersgrenze in naher Zukunft, die so vielen angeblich nichts ausmachte, aber kaum jemanden letztendlich mit Ängsten und Zweifeln verschonte.

„Wenn ich mal vierzig werde, habe ich es geschafft, weiß, wer ich bin und was ich will", sie hatte dies immer wieder als Jugendliche formuliert und fest daran geglaubt. Und jetzt stand sie vor einem Trümmerfeld an Träumen und Wünschen in einem goldenen Käfig voller Einengungen und Vorgaben. Und was sie am allerwenigsten wusste, war, wie es weiter gehen sollte. Sie müsse zurückkehren in die Familie, dies war ihr klar, aber sie würde damit auch alle Träume aufgeben und sich für ihre eigentlich verhasste Bürgerlichkeit entscheiden. Vielleicht, so hoffte sie, würde die zeitliche Trennung neue Ansätze und neue Kraft geben.

Außerdem hatte sich in den letzten Jahren noch etwas anderes zunehmend breit gemacht in ihrem Kopf, die Unsicherheit, das Richtige zu tun. Während bis dahin die Überzeugung immer stärker geworden war, das Leben im Griff zu haben und damit Entscheidungen mit einem Gefühl der Überlegenheit zu treffen, begannen jetzt in zeitlicher Nähe zum vierzigsten Geburtstag immer mehr Zweifel an ihr zu nagen, ob sie auch beruflich und in der Familie korrekt handelte. Sie steckte tief in einer Krise. Und sie spürte die Bedrohung, die damit für ihre Entscheidungskraft einherging.

Und dann begegnete sie Peter, einem sehr jungen und unerfahrenen Mann, der seine Zeit als Zivildienstleistender in der Einrichtung absolvierte und sie unterstützen sollte. Als sie Peter, der schüchtern klopfend vor ihrer Bürotüre stand, öffnete, traf es sie wie ein Blitzschlag im Innersten ihres Körpers.

Peter, etwas größer als Anna und mit lang wallendem Haar, lächelte schüchtern, als sie voreinander standen und schwiegen. Dann gewann Anna ihre Fassung zurück, obwohl sie ein leichtes Zittern in ihrer Stimme nicht unterdrücken konnte, und bat ihn herein.

Und Peter erzählte, signalisierte sofort enges Vertrauen, schmiegte sich mit Worten an sie, tauchte tief ein in ihr Herz. Und schnell hatte Anna fast alles vergessen, was sie bis dahin auf einem vernunftorientierten Weg gehalten hatte, ihre Gefühle waren längst ins Chaos gestürzt. Und sie hatte sofort gespürt, so ihre späteren Worte zu Karl, dass sie diesem jungen Menschen und sich keine Gelegenheit schaffen durfte, welche ihnen ein Näherkommen erlauben würde. Denn sie würde Annäherungen nicht widerstehen und eher das Ganze noch forcieren.

Irgendwann stand Peter vor der Tür ihres kleinen Appartements. Sie wusste nicht, ob sie ihn vielleicht mit unbedachten Worten eingeladen oder er selbst die Initiative ergriffen hatte, den Weg auf sich zu nehmen, um sie hier zu besuchen. Er stand vor ihrer Tür und schaute sie schweigend an.

Es war später Nachmittag und ihn zurückzuschicken hätte bei der Entfernung nach Verona kaum Sinn gehabt, also bat sie ihn herein, wobei sie sich einredete, dass sie den Moment kontrollierte. Aber schon sein Begrüßungskuss reichte aus, ihr Herz wie Trommelfeuer revoltieren zu lassen. Fast schweigend zog sie ihn aus, nicht ohne jede Stelle seines Körpers zu liebkosen. Dann versanken sie in gieriger Vereinigung.

Es war sicherlich auch ihre Wonne, die sie steuerte. Einem Menschen höchste Freuden zu geben, der nicht erwartend und fordernd von Angebot zu Angebot eilte, sondern in seiner Unerfahrenheit eher aufgeregt erwartungsvoll und fasziniert ihrer Führung folgte, war grandios und etwas Neues. Sie genoss dabei seine überschwängliche Lust und blieb doch Herrin über ihre Geschlechtlichkeit auch in der höchsten Erfüllung. Die anfänglichen Bedenken, dass sie ihn überfahren, gar erschrecken könnte mit der Kraft ihrer eigenen Lust, waren schnell zerstreut angesichts seiner Bereitschaft, sich neugierig auf alles einzulassen, was sie ihm bot. Und dabei fühlte sie sich zunehmend stark und selbstsicher.

Als sie schweratmend nebeneinander ein wenig Ruhe gefunden hatten, holten sie die Gedanken an Karl und die Kinder ein und machten sie traurig. Und je länger sie nachdachte, desto weniger erschlossen sich die Gründe für ihre Gier nach Peter und seinen Umarmungen, die nichts hatten von zielgerichtetem Vorgehen, sondern fast hoffend sich ihren Liebkosungen entgegenstreckten. Als sie spürte, dass er wieder erstarkte, nahm sie ihn erneut auf und vergaß dabei sehr schnell alle ihre Zweifel.

Am nächsten Morgen nahm Anna Peter im Wagen mit nach Verona, um ihn dort für immer zurück zu lassen, aber schon am Nachmittag saß er auf der Rückfahrt wieder neben ihr.

Es war der dritte Freitag und Anna hatte eigentlich wie jedes Mal am Wochenende geplant, zur Familie zu fahren, doch die Absage unter der Nennung verschiedenster Gründe am Telefon blieb recht einsilbig.

„Ich muss doch noch mehr lernen, als ich angenommen habe", sagte sie und es klang wenig überzeugend. „Grüße die Kinder, ich komme dann nächstes Wochenende vielleicht ein bisschen früher, schon am Donnerstag."

Karl sagte etwas von eigener Entscheidung und schade, man hätte sich schon so gefreut, aber seine Stimme klang nicht so, als ob er glaubte, was sie vorbrachte. Ein wenig murrend stimmte er zu, wünschte ihr guten Lernerfolg und sagte, dass er sie liebe.

Und dann blieb das Wochenende für Anna und Peter. Peter genoss die vielfältigen Praktiken seiner älteren und erfahrenen Geliebten und Anna tauchte ein in grenzenloses Dahinschweben auf Wolken der Lust und der Macht, Peter bei der Einführung in die Liebe zu steuern, wie sie es wollte. Dazwischen zeigte sie ihm die Schönheit des Gardasees und seiner kleinen Dörfer und lud ihn zu ausgiebigem und extravagantem Essen ein.

Die folgende Arbeitswoche verging wie im Flug. Anna und Peter turtelten wie Verliebte, schauten sich tief in die Augen, wenn sie sich begegneten oder warfen sich Küsse und Blicke zu, die, wie sie meinten, den Außenstehenden verborgen blieben. Wenn diese etwas bemerkten, so schauten sie diskret weg oder belächelten die beiden, aber die Beziehung war nichts, was man hätte bemängeln müssen, zumal Anna immer jugendlicher zu werden schien.

Dann rückte das nächste Wochenende heran und Anna begann verzweifelt nach Ausreden zu suchen, um die anstehende Heimfahrt auch dieses Mal zu umgehen. Schließlich fiel ihr eine Autopanne ein, ein nicht vor Montag zu behebender Schaden am Motor ihres Fahrzeuges. Auf den Hinweis von Karl, dass sie sich doch einen Leihwagen leisten könne, suchte sie nach Ausflüchten, die zunehmend weniger überzeugend klangen. Schließlich beendete Karl das Telefongespräch mit der Frage, ob er wohl am Ende kommen solle und wie sie sich das vorstelle.

Am Freitag saß Peter wieder neben ihr, als sie zu ihr nach Hause fuhren, und das Telefongespräch mit Karl war fast vergessen. Aber Anna spürte ein schlechtes Gewissen, was ihre Laune etwas trübte. Und außerdem hatte sie ein sonderbares Gefühl, als ob Unheil nahen würde. Aber schnell hatte sie es in der Nacht in Paters Armen vergessen und schlief noch tief, als morgens die Klingel läutete.

Zu ihrem Entsetzen nahm sie, nachdem sie geöffnet hatte, aus verschlafenen Augen wahr, dass Karl vor der Türe stand.

Seine Umarmung konnte sie nur zitternd erwidern, bevor sie in Tränen ausbrach. Karl stand völlig ratlos vor der Tür und glaubte gar im ersten Moment, dass er sie durch sein unangekündigtes Kommen in ihrer Entscheidung, sich nicht zu sehen, verletzt hätte. Aber dann erkannte er die prekäre Situation.

Geweckt durch ihr Schluchzen, stand Peter völlig verwirrt und nackt im Durchgang zum Schlafzimmer, sehr gut sichtbar von der Eingangstüre aus. Karl fühlte Übelkeit in sich aufsteigen. Er rang nach Luft, wie ein Erstickender, wand sich wie zum Gehen, drehte dann aber wieder um. Dann zerschnitt sein schrilles „Nein" das beängstigende Weinen von Anna. Karl begann hysterisch zu schimpfen, seine Stimme überschlug sich, wurde fast krächzend. Er zertrümmerte dabei wütend einen Holzstuhl auf dem Boden, schrie Anna an und warf Teller und Tassen gegen die Wand. Langsam kroch Angst in Peter hoch, doch noch immer stand er wie angewurzelt nackt auf der Türschwelle.

„Zieh dir doch endlich was über", schluchzte Anna und brachte damit Peter in Bewegung, der schnell zurück ins Schlafzimmer eilte und sich die Kleider überwarf. Währenddessen versuchte Anna, die Situation zu entschärfen. Sie hätte auf der Couch geschlafen und da sie ihren Abendgast Peter zu später Stunde nicht mehr aus dem Haus hätte treiben wollen, habe sie ihm das Schlafzimmer angeboten.

„Es ist eigentlich nichts gewesen und du hast einen völlig falschen Verdacht", sie faste ihn an der Schulter, „du tust Peter Unrecht."

Karl erschrak, wurde unsicher, überlegte tatsächlich, was wäre, wenn er die Situation falsch interpretierte. Immerhin stand da ein Junge vor ihm, den man kaum als Liebhaber glaubhaft machen konnte. Und er beruhigte sich ein wenig. In ihm kochten zwar seine Gefühle der Wut und Verzweiflung, aber gleichzeitig wuchs auch die Hoffnung, dass Anna die Wahrheit sagen könnte. Und er würde jetzt durch seine Eifersucht die Liebe zu seiner Frau aufs Spiel setzen.

Also ließ er sich auf ein gemeinsames Frühstück ein und bot sich sogar an, Brötchen dafür zu besorgen.

Als er zurückkam, saßen Anna und Peter bereits am Tisch, das Schlafzimmer war aufgeräumt und ein Nachtkissen lag wie zufällig neben der Couch, als ob man es vergessen hätte. Karl versuchte ein Gespräch, aber es gelang kaum und wurde immer wieder durch die Blicke gestört, die sich Anna und Peter zuwarfen. Karl sah eindeutig die Verliebtheit und das Geheimnisvolle der Augenkontakte, bemühte sich aber, alles als normal einzustufen. Dann verließ Peter das Haus, um mit dem Bus nach Verona zurückzufahren.

Anna weinte still, vergrub ihren Kopf in ihren Händen, blieb fremd. Und Karl saß dabei und wusste nicht, wie all das weiter gehen sollte. Auf die Frage, ob sie mit nach Hause käme, wiegelte sie ab. Sie brauche jetzt die Zeit, zu sich zu finden, Karl müsse das verstehen. Sie brauche auch den Kontakt zu Peter, der sie sehr unterstütze. Darüber hinaus seien alle Verdächte haltlos. Karl müsse sie jetzt verstehen und ihr vertrauen.

Karl verließ Annas kleine Wohnung noch am selben Abend und fuhr zurück. Er wusste, dass er die Wahrheit nicht erfahren hatte, obwohl er immer noch hoffte, Unrecht mit seinem Verdacht zu haben. Aber er wusste auch, dass Anna zu dieser Zeit nicht in der Lage war, sich klar zu orientieren und eine Entscheidung zu treffen.

Karl erlebte die Zeit bis zu Annas Rückkehr als ein tosendes Gefühlsmeer. Neben ständig nagenden Zweifeln an Annas Erklärungen, versuchte er sich immer wieder zu beruhigen und stellte seine in Verona gemachten Beobachtungen massiv in Frage. Anna meldete sich zwar hin und wieder, aber sie sprach mit den Kindern und weniger mit ihm. Und wenn sie sich an ihn wendete, dann klang ihre Stimme traurig und ihre Mitteilungen blieben vage, was ihre Rückkehr betraf. Irgendwann begann die Furcht in Karl, dass er Anna verlieren würde, und er spürte das unbändige Verlangen, sie zu besuchen und sich mit ihr auszusprechen. Aber sie hatte ihm einen zweiten Besuch untersagt und darauf verwiesen, dass sie diese Zeit jetzt für sich brauchte. Und er hielt sich an ihre Wünsche.

Als Anna nach Abschluss der Fortbildung ankündigte, dass sie zurückkommen werde, geschah dies nur unter der Bedingung, dass Karl sich wie ein Freund verhalte, nicht aber wie ihr Ehemann. Karl verspürte riesige Freude, obwohl er sich unter den von ihr formulierten Erwartungen zunächst wenig vorstellen konnte, zumal es ihm unmöglich schien, die geliebte Frau und jahrelange Partnerin neben sich liegen zu sehen, sie aber nicht anfassen zu dürfen. Doch je mehr er sich darüber Gedanken machte, desto fester wurde auch sein Entschluss, sich Annas Wünschen zu beugen, zumal dies die einzige Chance zu sein schien, sie zur Rückkehr in die familiäre Umgebung zu bewegen.

Anna zeigte sich dankbar, dass Karl bereit war, sich ihr als wahrer Freund zu zeigen, wenn es ihm auch, wie sie sehr gut wusste, schwerfiel. Lange Spaziergänge, Einladungen zum Essen oder auch mal ein Kinobesuch begleiteten die vielen Gespräche der beiden, in denen sie ihr weiteres Leben neu zu strukturieren versuchten.

Und mit der Zeit erzählte Anna auch, was mit Peter geschehen war. Zunächst beschränkte sie sich auf Bruchstücke, versuchte noch zu verharmlosen, schließlich aber teilte sie Karl die ganze Wahrheit mit.

Anna hatte ein Verhältnis begonnen, hatte zeitweise alles hinwerfen wollen, sich aber dann besonnen, da Peter zu diesem Zeitpunkt erst zwanzig und für jeden vernünftig denkenden Menschen zu jung war, um eine dauerhafte Beziehung mit ihr eingehen zu können. Und Anna hatte sicherlich auch erkannt, dass sie Karl liebte und er ihr zumindest eine Zukunft garantieren konnte. Schließlich fürchtete Anna, die Kinder zu verlieren, wenn sie die Familie hinter sich zurücklassen würde. Also hatte sie sich entschlossen, der Affäre mit Peter Adieu zu sagen und in ihr altes Leben zurückzukehren.

Aber sie konnte Peter wohl über Jahre nicht vergessen und sprach immer wieder mal von ihm, wobei sie dabei meist sehr melancholisch wurde. Schließlich tauchte sein Name nicht mehr auf, vielleicht auch, weil sie spürte, dass diese Erinnerungen Karl sehr traurig machten. Aber hatte sie Peter wirklich vergessen?

Anna hatte diese Zeit so chaotisch erlebt, dass sie sogar über die Möglichkeit der Trennung von Karl und Familie nachgedacht hatte. Schließlich hatte sie mit den Erinnerungen abgeschlossen und sich geschworen, nie wieder in dieser Form die emotionale Kontrolle zu verlieren. Und Karl glaubte dies allzu bereitwillig, weil auch der tägliche Ablauf ihrer Beziehung zur Normalität zurückgekehrt war.

3.Ungewissheit

Wenige Jahre später hatten Anna und Karl dann einen finanziellen Aufschwung durch Vererbung und Aktienglück erlebt, der sie in die Lage versetzte, einen seit langem existierenden Traum zu erfüllen, den Umzug in ein gekauftes Anwesen mit großem alten Gewächshaus für Südfrüchte am Gardasee.

Anna und Karl hatten sich selbständig gemacht, Karl gerade mal fünfundfünfzig arbeitete als „Professore für Deutsch" am ortsansässigen Institut für deutsche Sprache und Kultur und Anna belebte neben einigen Stunden im Ortskrankenhaus die eigene Orangerie. Zudem gab es auch noch einen kleinen Weinberg, den man pachten konnte und der sich durch seine Sonnenlage hervorragend für die Weinproduktion eignete. Damit waren die beiden schnell in die Marktgeschäfte des Ortes eingestiegen und konnten bald ihren täglichen Bedarf an Lebensmitteln durch regen Handel erwirtschaften. Daneben sorgte ein nicht unerhebliches Vermögen aus den Erbmassen für finanzielle Unabhängigkeit.

So schienen zumindest alle materiellen Wünsche des Lebens einer Erfüllung nah. Auch die Beziehung zeigte Zufriedenheit und Stabilität und man konnte durchaus sagen, dass Anna und Karl Liebe füreinander empfanden, als Anna plötzlich und unerwartet zehn Jahre später mit der Vergangenheit und allem, was damals in Verona passiert war, konfrontiert wurde.

Und trotz all dieser inzwischen so harmonisch gewordenen Bedingungen ihres Zusammenlebens verließ sie Karl, ließ alles hinter sich. Zehn Jahre nach Verona war Anna aus dem Leben von Karl verschwunden, war letztendlich Peter gefolgt, jahrelang untergetaucht, einige Lebenszeichen aus Afrika, irgendwann dazwischen Europa, aber nie ein stetiger Aufenthalt.

Es ginge ihr gut, die stereotype Mitteilung, und sie wäre den Umständen entsprechend glücklich. Und wenn Karl versuchte, mit ihr Kontakt aufzunehmen, war sie längst aus der auf der letzten Mitteilung notierten Gemeinde weggezogen, irgendwo im Land unterwegs, keine Ortung möglich.

Auch die Kinder hatten keinen Kontakt außer den über rare Postkarten, die sie manchmal verschickte, irgendwie war sie im Orbit der Welt untergetaucht.

Und niemals gab es einen Hinweis auf Peter, der schließlich irgendwo auch Verursacher ihrer Odyssee war, keine Kommentare, keine Hinweise, keine Namen.

Und jetzt, nachdem wieder etwa fünf Jahre vergangen waren, würde sie vorbeikommen wollen. Karl konnte seine Freude auf sie kaum fassen, sein Herz raste bei dem Gedanken, seiner großen Lebensliebe gegenüber zu stehen, sie vielleicht sogar in den Arm nehmen zu dürfen.

Und er plante einen großen Empfang, vielleicht würde er die Kinder informieren, ein Fest arrangieren und den Garten illuminieren.

Anna würde kommen, diese Anna, die sein Leben geprägt hatte, bis sie Peter gefolgt war. Anna, die ihm immer wieder gesagt hatte, dass sie glücklich sei, ihn an ihrer Seite zu haben. Anna, die dann recht plötzlich gegangen war, weil sie vielleicht die erneute Verletzung ihres Mannes durch den wieder durchgeführten Beischlaf mit Peter nicht mehr ertrug. Anna, die Karl so viele Jahre glücklich gemacht hatte mit allem, was er sich gewünscht hatte. Und Anna, die letztendlich an ihren Ansprüchen gescheitert war, nichts mehr zuzulassen, was ihren Verstand beeinträchtigte.

Anna würde vorbeikommen und all das Geschehene würde seine Wertigkeit verlieren, wenn Karl ihr gegenübersäße. Es würden ihm die Worte fehlen oder sie würden heraussprudeln und zu einem Konglomerat von flehenden Gedanken und unsinnigen Erwartungen werden. Hoffentlich würde sie ein wenig Zeit haben, dass er wenigstens die blödesten Äußerungen seiner übersprudelnden Freude korrigieren konnte.

Vielleicht würde er auch nur schweigen, vielleicht sogar so gerührt sein, dass ihn Tränen überkamen. Er wollte dies eigentlich alles nicht, wollte eher den Coolen machen und sich nicht schon bei der Begrüßung lauter Blößen geben. Aber bei dem Gedanken, dass Anna kommen würde, begann seine Bauchdecke so heftig zu vibrieren, dass er fürchtete, keinen klaren Gedanken mehr fassen zu können, wenn er ihr gegenüberstand.

Und was würde er anziehen? Leger und locker vielleicht, um zu signalisieren, dass er über der ganzen Sache stand. Er musste innerlich laut lachen bei diesem Gedanken, weil er genau wusste, dass Anna sofort fühlen würde, was in ihm vorginge. Normales Oberteil, aber ohne Flecken. Die Auswahl würde nicht ganz einfach sein, da die Selbstversorgung mit seinen Klamotten nicht immer „geschmacklich reibungslos" verlaufen war.

Auf jeden Fall nichts Aufdringliches oder gar Verfängliches. Es war der Besuch einer Frau, die er immer noch liebte, mehr aber würde nicht sein können.

Er wusste dies, wollte es aber nicht wahrhaben und verstolperte sich in seinen Träumen. Aber die Bedingungen, die Anna für ihre Rückkehr gestellt hatte, dass sie nur als gute Freundin und nicht als Partnerin kam, würde er einhalten können.

Karl wusste zu gut, wie schwierig es sein konnte, eine jahrelang geliebte Person, mit der man das Bett geteilt hatte, plötzlich als unantastbare, aber weiterhin geliebte Person neben sich zu haben, ohne ihr nahe treten zu dürfen. Aber er glaubte sich gut gewappnet, immerhin hatte er dies ja schon mal mit Erfolg mit ihr praktiziert. Trotzdem spielten seine Gedanken verrückt und sein Körper tanzte mit ihnen den Bolero.

Aber Anna würde vorbeikommen! Nach so langer Zeit, nach so vielen Eindrücken, sie würde ihn besuchen, ihn besuchen wollen. Denn sie hatte so viele notwendige Besuche versäumt, abgesagt, verweigert. Sie käme jetzt sicherlich nicht aus dem Gefühl der Verpflichtung im gegenüber. Es gab keinen Anlass im Moment, nur ihre Nähe zum Gardasee, vielleicht auch die Sehnsucht nach einem Wiedersehen.

Anna würde kommen!

Aber was, wenn sie vor ihm stehen würde, seine Knie gaben ihre tragende Rolle auf bei dieser Vorstellung.

Anna würde kommen.

4. Damals – eine Mail

Was war geschehen? Was hatte so viel Macht und Einfluss, ein fast geregeltes Leben durcheinander zu rütteln, alles nun wirklich in Frage zu stellen?

Eine Mail auf dem Handy von Anna, eine wie so viele andere. Nicht hervorgehoben durch etwa ein Ausrufezeichen oder Ähnliches. Einfach nur eine kurze Mitteilung „Habe dich endlich gefunden". Darunter der Name, Pete.

Anna beachtete die Mail kaum, denn ein Pete rief zunächst keine besonderen Erinnerungen bei ihr hervor. Aber wer konnte es sein, der ihr schrieb, dass er sie endlich gefunden hätte? Wer suchte nach ihr?

Und obwohl sie zunächst der Mail keine größere Beachtung schenkte, blieb doch der Name haften und schließlich kramte sie in ihren Erinnerungen. Auch hier blieb sie bis auf Peter, dem Namen dieser ewig zurückliegenden Liaison mit diesem jungen Mann, erfolglos.

Dass er der Absender wäre, konnte sie sich nicht vorstellen, zumal der Name auch nicht ganz deckungsgleich war. Und einen Grund wusste sie auch nicht für seine Suche nach ihr nach so vielen Jahren. Immerhin waren viele Jahre seit ihrem letzten Kontakt und über zehn Jahre seit der Affäre vergangen.

Außerdem, sie ging zumindest davon aus, musste er längst Familie und Kinder haben, Grund genug, sie nicht aufsuchen zu wollen. Und wenn er an einem Wiedersehen tatsächlich Interesse hatte, welchen Grund hätte er dazu haben können? Eigentlich war alles gesagt und hinter schweren Türen der Erinnerung verschlossen worden.

Es war aufkommender Frühling im Norden Italiens und nach kühlen und regenreichen Wochen machte sich endlich die Sonne breit und beherrschte zunehmend den Tag mit ihren wärmenden Strahlen. Die Natur schlug aus im wahrsten Sinne des Sprichwortes, Blütenmeere ergossen sich von eben auf jetzt mit gierigen Mäulern dem aufkommenden neuen Leben entgegen. Die nächsten Tage würden laut Wetterbericht konstant bleiben und Sonne satt bieten. Und Anna spürte den Aufwind tief in ihrem Herzen.

Anna liebte die Natur und war Herrin über einen nicht unerheblich großen Garten in Nachbarschaft des Gardasees. Hier pflanzte sie allerlei an Obst und Gemüse, daneben Blumen und Kräuter und auch ihre Obstbäume versprachen gute Ernte. Ihre Liebe galt der Natur und ihrer Unterstützung. Deshalb sah ihr Garten auch aus wie ein Paradies für Insekten und Vögel. Und sie kniete sich in die Pflege dieses Kleinods.

Karls Hilfe bei schwereren Erdarbeiten oder der Pflege des Weinberges nahm sie gerne in Anspruch, ansonsten bewirtschaftete sie den recht umfassenden Garten allein.

Inzwischen hatte sich auch im Dorf herumgesprochen, dass Anna das berühmte „grüne Händchen" hätte, und erste Kontakte der Mitbewohner waren hergestellt. Und da Anna sich auch noch in alternativen Heilmethoden sehr wissend zeigte, wurde sie von der einen oder anderen Frau des Dorfes aufgesucht, die gerne ihre Hilfe in Anspruch nahm.

In die aufkommende Herzensfreude des Sommers und ihre Kontakte zum Dorf mischte sich nun das seltsame Gefühl, dass irgendetwas Besonderes vor der Tür stand, etwas, das ihr Leben vielleicht sehr freudig beeinflussen würde, etwas, das vielleicht auch mit der seltsamen Mail zu tun hatte. Aber relativ schnell hatte sie die Mail vergessen, zumal der Garten sie im aufkommenden Frühling voll und ganz in Anspruch nahm.

Karl stand auf der Veranda, beobachtete seine Frau Anna, wie sie emsig zwischen den Beeten herum eilte, hier ein Pflänzchen herauszog und dort ein wenig die Erde umschaufelte. Dann sah er, wie sie in ihrem Gewächshaus verschwand. Er hatte dies alles mit ihr zusammen aufgebaut, mit Strom und Wasser versorgt und eine spezielle Bewässerung mit Regenwasser konzipiert.

Und es funktionierte alles, wie sie es geplant hatten. Es war eines der Gewächshäuser, wie sie in früheren Zeiten in dieser Gegend üblich gewesen waren. Die Räume waren von enormer Größe und hatten Orangen und Zitronen eine Wachstumsheimat geboten. Längere Zeit hatte man diese Form der Häuser zur Aufzucht von Zitrusfrüchten nicht mehr genutzt, aber Anna hatte aus den rudimentären Holzgerüsten der ehemaligen Gewächshäuser einen stolzen Bereich einer Obstplantage geschaffen, der mehr an Ernte brachte, als sie beide verzehren konnten.

Und so blieb es nicht aus, dass Anna auch mit den ansässigen Lokalen zu verhandeln begann. Denn gerade im Sommer, wenn die vielen Touristen den See stürmten, waren heimische Orangen und Zitronen fast eine kleine Kostbarkeit.

Anna war ein Kind der Natur und hatte ein goldenes Händchen für die Fruchtbarkeit ihres Reiches. Karl bewunderte sie dafür und er liebte sie, wie er ihr immer wieder versicherte. Und wenn sie seine Hilfe brauchte, war er immer bereit, sie zu unterstützen, soweit es seine Gesundheit und sein Alter zu ließen. Karl hatte mit der Zeit nämlich deutlich zugenommen, was seine Bewegungen etwas einschränkte, aber er bemühte sich nach Kräften, Anna jederzeit helfend unter die Arme zu greifen.

Inmitten des relativ großen Grundstücks erhob sich das ältere Haus mit drei Stockwerken, neu verputzt und mit neuem Dach mit großer Gaube. Anna und Karl hatten es in der Nähe des Sees oberhalb eines Touristenstädtchens am Westufer des Sees käuflich erworben und komplett renoviert.

Oft waren sie in früheren Zeiten mit den Kindern in diversen Urlauben an dieser Stelle vorbei gefahren, zuerst noch durch aufregend enge und dunkle Tunnel, die sich in viel zu enge Kurven ergaben, vor denen gehupt wurde, um eine Kollision zu vermeiden, später dann auf gut ausgebauten und für die Touristen sicher gemachten Straßen.

Und immer wieder hatte das Anwesen die beiden fasziniert, zwar oberhalb eines der beliebten Touristenorte, aber fast unerreichbar für die da unten auf der engen Westumfahrt. Und wer die Strecke nicht kannte, der fand auch nicht zum oberhalb des sich auf einem Felsen versteckenden Anwesens in nicht unerheblicher Größe.

Der Kauf war Wunsch von beiden, fast ein Märchenschloss im Kleinen. Er hatte sich aber auch angeboten, weil die beiden einen neuen Lebensabschnitt eingeläutet und gefestigt für die Zukunft neu geplant hatten. Zumindest hatten sich die Wellen der davor liegenden Affäre geglättet und Karl ging davon aus, dass eine langfristige Zukunftsplanung wieder möglich geworden war. Auch Anna bestärkte diese Hoffnung, hatte den bis dahin weitgehend im Geheimen gepflegten Kontakt zu Peter letztendlich abgebrochen und glaubte an einen Neuanfang.

Immerhin hatte dieser Kontakt zunehmend nur noch Erinnerungscharakter. Anna schrieb zwar viele Dinge auf, auch Gefühle, die sie noch mit Peter verband, aber sie vermied den direkten Kontakt. Und irgendwann betrachtete auch Anna dieses Kapitel als beendet.

So hatten sich beide entschlossen ihr weiteres Leben mit Wohneigentum zu bereichern. Und als ob man es gespürt hätte, hatten beide so großzügig geplant, dass alle Kinder die Notwendigkeit, zeitweise bei den Eltern unterzukommen, ohne schlechtes Gewissen nutzen konnten. Denn für alle war Platz genug da, dass sie auch längerfristig dort gemeinsam leben konnten.

Während Anna ihre fremdbestimmten Tätigkeiten aufgegeben hatte und fast nur noch Zuhause tätig war, hatte Karl schließlich einen festen Lehrauftrag bekommen, verdiente gut und hatte Spaß am Beruf. Und für Anna war der Freiraum geschaffen, dass sie nicht mehr arbeiten musste, wenn sie nicht wollte.

Italien war für Anna immer ein Traum gewesen. Dazu der Gardasee als Ziel vieler Urlaube, ein wunderbarer Ort, auch dort zu leben. Dazu die freundlichen Menschen. Viele sprachen Deutsch, weil sie schon in Deutschland gearbeitet hatten. Aber Anna konnte inzwischen auch genug Italienisch, um sich zumindest verständlich zu machen oder auch das eine oder andere Gespräch zu führen.

Hinzu kam, dass sie Karl liebte, nicht mehr so, wie es am Anfang gewesen war, als sie noch eine Familie planten, aber auch nicht so, wie es in Zeiten der Kindererziehung und anderer Belastungen war. Sie liebte seine Nähe, seine Gespräche, seinen Witz. Und sie liebte irgendwie auch seine Ruhe, obwohl diese eng mit seiner Bürgerlichkeit verflochten war.

Sexualität spielte dabei nur noch eine geringe Rolle. Und so verzichtete sie seit längerer Zeit immer öfter darauf, mit Karl zu schlafen. Umarmungen ja, auch zärtliches Streicheln, aber eher selten Hingabe für einen fremdausgelösten Orgasmus. Eigentlich brauchte sie für diesen Bereich keine Männer mehr, wie sie immer wieder betonte. Und Karl akzeptierte dies. Er liebte Anna, wie sie war, und trug die Veränderungen mit, die sie durchmachte.

Aber manchmal verfiel Anna fast schwermütig in Erinnerungen, was sie alles hätte machen wollen, wenn sie sich nicht Karl zugewendet hätte. Ihre gemeinsamen Kinder prägten das Leben und den täglichen Ablauf. Und sie verhinderten den Ausbruch aus der bürgerlichen Existenz, zumindest langfristig. So blieben die Heimsuchungen der Gedanken an anders gestaltetes Leben meist nur kurz und es gelang der Realität relativ schnell, sie sich glücklich wähnen zu lassen.

Für ihre Hobbys, vor allem den Garten, blieb ihr genügend Zeit. Und wenn sie einmal glaubte, für ein paar Tage das Umfeld wechseln zu müssen, war

Karl der erste, der sie darin bestätigte. So besuchte sie hin und wieder Freundinnen im Ausland und blieb dann auch mal eine oder zwei Wochen weg.

Karl konnte sich ohne Probleme damit arrangieren, versorgte in diesen Zeiten Haus und Garten und freute sich auf ihre Rückkehr. Und wenn sie es wollte, war er auch bereit, sie zu begleiten, ohne den Anspruch zu erheben, ständig in ihrem Schatten zu wandeln. Eine Stadt, ein Museum oder eine Sehenswürdigkeit alleine zu erkunden, war für ihn kein Problem.

Und manchmal hatte Anna den Eindruck, dass er die zeitlich begrenzten Intervalle des Alleinseins durchaus mochte und die Selbständigkeit genoss. Nach beiderseitigen Bekundungen waren beide zufrieden, so wie sie lebten, und sie planten auch für die nächsten Jahre ihr Zusammensein.

Der Moment ihres Lebens schien also geschaffen für Stabilität, die Zukunft gesichert. Es gab keine Not, die Entscheidungen hätte beeinflussen können, und es gab keine Notwendigkeiten, das Leben zu verändern.

Dass Anna hin und wieder Attacken von Panik bekam, deren Ursachen sie sich nicht erklären konnte, beeinträchtigte das Leben nur insofern, als das Aufsuchen eines Arztes vor allem am Wochenende nicht ganz einfach war. Meist konnten ihre Probleme schnell geklärt werden und eine einmalige Vergabe von Medikamenten reichte aus, um Anna wieder zu beruhigen.

Oft fanden Karl und Anna auch mögliche Auslöser, die man zunächst nicht sonderlich registrierte, aber im Nachhinein als Probleme ausmachen konnte. Aber manchmal fragte Anna sich, ob irgendeine tiefersitzende Unruhe ihr diese Momente bescherte, aber sie fand keine Lösung, zumindest keine für sie befriedigende. Denn Anna hatte wegen ihrer sehr sensiblen Art gelernt, sich durch Rationalität zu schützen und sich unverletzlich zu machen. Und dieser Schutz, den sie sich aufgebaut hatte, beinhaltete vor allem die Kontrolle über ihre Gefühle. Und alles, was diese Kontrolle einschränkte, versuchte sie zu umgehen.

Dass dies auch ihre Sexualität betraf, war eher für sie normal in ihrem Alter. Und sie ging davon aus, dass Karl dies mittrug, wenn er sie wirklich liebte.

So hatte sich für beide ein Gefühl der Zusammengehörigkeit und der engen Zuneigung entwickelt, was durch Freiräume ergänzt wurde, die man sich gegenseitig gab. Vor allem Anna machte davon immer wieder mal Gebrauch, während Karl eher zu Hause blieb und seinen Hobbys nachging.

Dabei liebte er es auch, mit Nachbarn zusammen zu sitzen und einen guten Tropfen Wein zu genießen oder über die Weltpolitik und die Zukunftsaussichten des gemeinsamen Europas zu diskutieren.

Denn wenn der Touristenstrom abbrach, traf man sich in den Herbst - und Frühjahrsmonaten in den kleinen Cafes des Örtchens, manchmal auch in einer der vielen Tavernen. Oft wurde Karl dabei von Anna begleitet, die meist die einzige Frau blieb, aber inzwischen gut angesehen und geachtet war bei den Männern.

Doch nun war diese Mail da, die Anna in Unruhe versetzte, obwohl sie sich einredete, dass sie diese nicht zuordnen könnte. Und je mehr sie versuchte, die Mail als unbedeutend herunterzuspielen, desto größer wurde das Herzklopfen, wenn sie an Peter dachte. Dabei war sie sich sicher gewesen, dass sie ihn längst vergessen hatte, aber irgendwie entsprach das eher ihrem Wunschdenken.

Hinzu kam eine gewisse Neugier zu erfahren, wie es ihm ginge, nachdem sie Peter über ein Jahrzehnt nicht mehr gesehen hatte. Schnell aber verwarf sie den Gedanken mit dem Argument, dass er es gar nicht sein könnte. Schließlich löschte sie die Mail in dem Glauben, dass jetzt alles wieder so wäre, wie es vorher war.

Und dann kam eine zweite Mail.

5. Erinnerung

Die zweite Mail kam etwa eine Woche später, war nicht viel länger als die erste, sagte aber Genaueres über den Absender aus. Dort stand nämlich der komplette Name, Peter, dazu ein kurzer Gruß und die Frage nach einem Wiedersehen. Keine Beschreibung der eigenen Situation, keine Hinweise auf Familie oder Kinder, kein Vermerk des Aufenthaltsortes.

Anna reagierte äußerlich gelassen. Ihr Verstand sagte ihr, dass wenn eine Begegnung überhaupt möglich wäre, sie sicherlich völlig harmlos würde. Der Austausch von Lebensdaten würde eine wichtige Rolle spielen. Und die Neugier, wie sich das Gegenüber verändert hatte, würde gestillt werden. Also auch keine Notwendigkeit, Karl einzuweihen. Denn vielleicht würde es ihn in der Erinnerung an damals belasten, obwohl nicht mal sicher wäre, dass es überhaupt zur Begegnung mit Peter käme. Es lohnte sich also gar nicht, ihn jetzt mit diesem unausgegorenen Moment zu konfrontieren.

Innerlich aber begann ihre Unruhe zuzunehmen, obwohl Anna dies in keinem Fall zulassen wollte. Und sie tat alles, um diese Unruhe wegzureden oder damit zu argumentieren, dass man natürlich aufgeregt sei, wenn man einen Menschen nach so langer

Zeit wiedersehen würde. Also eine völlig normale Situation.

Anna schlief die Woche schlechter als sonst, wachte öfter nachts auf, konnte nicht mehr einschlafen und lief im Haus umher. Wenn Karl, der dies bemerkte, fragte, was denn sei, schob sie alles auf diffuses Unwohlsein im Bauch. Vielleicht habe man etwas Schlechtes gegessen. Außerdem ginge, wie eigentlich jedes Jahr zu dieser Zeit, ein Virus um, der den Magen und Darm beträfe. Und obwohl sich Karl ein wenig Sorgen machte, konnte sie ihn relativ gut beruhigen.

Annas Erinnerungen an Peter und die zurückliegende Affäre aber wurden deutlicher, begannen zunehmend ihre Gedankenwelt zu belagern, sodass ihr das Wegschieben immer schwerer fiel. Das, was damals passiert war, lag für Anna zurück ohne Wiederkehr. Nichts von dem würde wieder geschehen können, darüber machte sie sich keinerlei Gedanken. Aber die Unruhe über ein eventuelles Treffen überstieg doch ein wenig die übliche Vorfreude oder auch das Gefühl der reinen Neugierde auf einen solchen Moment. Und Anna vertraute auf ihre rationalen Fähigkeiten, die das sich ganz langsam anbahnende Kribbeln im Bauch schon im Griff haben würden.

Vielleicht war das Kribbeln im Bauch als besonderes Moment zu all dem gekommen, was nun passieren sollte, aber richtig klar war keinem der Beteiligten, welche Gewitterwolken sich am Horizont zusammengeballt hatten. Dass solche Entwicklungen die Betroffenen beeinflussen könnten, dass sie unter besonderem Stress standen, war außer Frage. Und auch verrückte Lösungen sind in solchen Situationen nicht fremd.

Aber Anna glaubte sich rational genug, um sich allen Schwächen entgegen stemmen zu können. Und immerhin hatte sie auch noch Karl an ihrer Seite, der sie ohne Wenn und Aber unterstützen würde.

Sie erinnerte sich an die erste Begegnung mit Peter, dass es, wie sie später beteuerte, kein Verliebt Sein gewesen war, was sie zu Peter hingezogen hatte. Damit hätte sie ja umgehen können. Es war vielmehr die Okkupation ihrer gesamten Gefühle, der sich augenblicklich einstellende Moment des totalen Ausgeliefert Seins, des Endes aller rationalen Kontrollmechanismen.

Sie hätte ihn wegschicken müssen, weinte sie später, aber in diesem Moment wäre dies keine Option gewesen. Sie hätte keine Kraft mehr gespürt, sich vor ihren Gefühlen zu schützen, die sich sehr schnell als Paarung aus Mutterliebe und Lust zeigten. Sie hätte damals Karl einbeziehen müssen, aber gleichzeitig hätte sie ein Zwang erfasst, diese Situation ausleben zu dürfen und zur Rettung ihrer Person auch ausleben zu müssen. Und sie hätte dies im täglichen Umgang mit Peter erleben wollen. Eine totale Ambivalenz der Gefühle und des Verstandes hätten begonnen und sie in das größte Chaos ihres Lebens gestürzt.

Damals hatte sie Karl belogen und wegge-schickt, anstatt reinen Tisch zu machen und seine Un-terstützung in Anspruch zu nehmen. Vielleicht hatte sie auch die Gefahr gesehen, dass Karl gehen würde. Aber eigentlich hatte sie gewusst, dass er sie im Not-fall nicht verlassen würde und diese Entscheidung, wenn er sie dann träfe, erst nach Lösung aller Prob-leme angestanden hätte.

Damals hatte sie sehr wohl die massiven Gefahren gesehen, die auf sie und ihre Familie zukommen würden, aber sie hatte schon nicht mehr die Kontrol-le, die Entwicklung zu stoppen. Und sie hatte alles eher geschehen lassen, als dass sie es bewusst betrie-ben hätte. Damals, so sagte sie später, hätte sie die Reißleine schon nicht mehr ziehen können, weil sie es gar nicht mehr wollte oder sogar wollen konnte.

Und wie ein Dämon hatte Peter ihr Herz um-klammert und sie mit Haut und Haaren aufgefressen. Und er hatte ihr die Möglichkeit des Ausstiegs aus all ihrem Gedankendilemma, ihren Zweifeln und ihrer Suche nach Zukunft gegeben, ohne wirklich eine rea-listische Zukunft formulieren zu können.

Allerdings wusste sie genau, dass dieser Aus-stieg nur zeitlich begrenzt hätte sein können und sie damit ihr bis dahin aufgebautes Leben massiv in Fra-ge gestellt hätte. Immerhin hatte dieser Moment Träume an ein ganz anderes Leben zugelassen, wenn es auch nur vorübergehend möglich gewesen wäre.

Vielleicht hatte sie aber in diesem Moment auch immer noch geglaubt, dass sie alles im Griff hätte, zwar emotional Achterbahn fuhr, aber weiter nichts passieren würde, weil nichts passieren durfte.

Ein fataler Irrtum, wie sich damals herausgestellt hatte. Aber damals war lange her und würde sich in dieser Form nie mehr wiederholen können.

6. Antwort

Und Anna antwortete.

Wie es ihm gehe, wo er sich zurzeit befinde, was die Familie mache, dass sie durchaus neugierig sei, dies alles zu erfahren. Aber ob sie sich ein Treffen zum jetzigen Zeitpunkt vorstellen könne, das wisse sie nicht. Außerdem gebe es da ja noch Karl, den gäbe es tatsächlich immer noch an ihrer Seite. Und sie wisse nicht, ob sie ein Wiedersehen so einfach damit vereinbaren könnte.

Als sie diese Zeilen an Peter verfasste, fühlte sie sich sehr distanziert und rational, sie habe alles im Griff. Aber innerlich tobte der Bauch, ließ ihr kaum genug Luft zum Atmen. Vielleicht hätte sie Karl einbeziehen sollen, vielleicht wäre alles anders gekommen, aber sie befürchtete, dass er sich einem Treffen mit Peter entgegenstellen würde. Zumindest würde er auf seine Anwesenheit bestehen, obwohl er ansonsten sehr offen mit solchen Dingen umging.

Er vertraute ihr, wie sie auch ihm vertraute. Oft genug hatte er ihr das auch bewiesen und manchmal ertappte sie sich dabei, viel strenger mit seinen Wünschen umzugehen, als er es mit ihren tat.

Peters Antwort war kurz und im Inhalt klar, er wolle sie auf jeden Fall treffen, da er in der Nähe sei.

Und er schlug ihr vor, dies zu arrangieren ohne Karl zu informieren. Sie solle eben so mal vorbeischauen, ein recht unverfängliches Angebot, er könne auch einem Ort zustimmen, den sie leicht erreichen könne, vielleicht in der Entfernung von einer Stunde.

Und Anna kämpfte, kämpfte mit ihrem Verstand, der sie warnte, aber auch beruhigte, und ihren Gefühlen, die zunehmend stärker wurden. Dabei würde sie ihn nur sehen wollen aus Neugier, um etwas über ihn, sein Leben, seine Entwicklung nach der Affäre mit ihr zu erfahren. Denn immerhin war er damals fast noch ein Kind gewesen. Interessant für sie war auch, inwieweit ihre damalige Beziehung zu ihm sein weiteres Leben beeinflusst hatte, also durchaus ein rationales Interesse.

Und so beschloss sie, Peter zu treffen, ohne Karl einzuweihen. Das Arrangement der Begegnung war dabei relativ einfach zu bewerkstelligen. Irgendwann verlor sie fast nebenbei, dass sie eine Freundin am Wochenende besuchen würde, und sie wusste, dass Karl zustimmte.

Sie plante das Wochenende, wollte schon am Freitag anreisen, um sich auf das Wiedersehen mit Peter vorbereiten zu können und ihn dann am nächsten Tag treffen. Eine weitere Nacht hatte sie gebucht, vielleicht konnte ein bisschen Ruhe nicht schaden. Dann würde sie wieder nach Hause kommen.

Ihre Zusage für das Treffen schienen Peter kaum zu erstaunen, auch dass Karl nichts davon wissen würde. Er freue sich auf sie und sei sehr gespannt.

Und sie haderte mit ihrem Aussehen, deutlich mehr als sonst und wesentlich strenger in ihren Beurteilungen. Ob sie zu viel zugenommen habe, ob ihr Bauch zu deutlich hervorstehe, ob ihr Busen noch straff genug sei. Karl musste all diese Fragen beantworten, obwohl er den Grund nicht kannte.

„Du gefällst mir so, wie du bist. Ich liebe dich", aber es reichte offensichtlich nicht aus, sie zu beruhigen. „Du siehst mich auch immer noch durch die rosarote Brille", ihre Antwort darauf.

Aber Karl schöpfte keinerlei Verdacht, glaubte an so oft erlebte Phasen der Zweifel an der Veränderung der Körper im Alter und hielt ihr immer wieder das abschreckende Beispiel der Hungerkünstlerinnen unter den Frauen vor, die letztendlich nur noch Haut und Knochen mit sich herumtrügen, um dann am Frust des permanenten Verzichts zu sterben.

Bisher hatte er immer Erfolg damit, aber Anna war diese Mal kaum zu beruhigen. Sie tänzelte vor dem Spiegel, trug sogar Rock und hohe Schuhe zur Probe, was sie sonst fast gar nicht mehr tat, und haderte mit dem Altwerden.

Karl dagegen fand ihre Bemühungen sehr erotisch. Lange hatte sie sich nicht mehr so aufregend gestylt, und irgendwann probierte sie sogar ihre halterlosen Strümpfe. Zeit für Karl aber hatte sie nicht in diesem Moment, ließ ihn abblitzen, zog sich lachend wieder aus, vermittelte ihm Unsicherheit.

Karl sah dies als ein Vorzeichen vielleicht neuer erotischer Freuden an. Nie aber hätte er daran gedacht, dass nach so viel gemeinsamen und glücklichen Ehejahren etwas anderes hinter dem Ganzen hätte stecken können, was ihre Beziehung gar beeinträchtigen könnte.

Anna aber fühlte längst die Bedrohung am Himmel, wollte sie nicht wahrhaben, wiegelte ab wie damals, glaubte an die Kontrolle ihrer Emotionen, und sah auch keinen Grund, dieser Kontrolle nicht zu vertrauen.

Und so rückte das Wochenende der Begegnung von Anna mit Peter unaufhaltsam näher. Annas Versuche, ihre innere Unruhe zu kontrollieren, wurden immer lückenhafter. Oft reagierte sie gereizt, manchmal sogar aggressiv, aber sie kaschierte dies alles mit Verweisen auf momentane Unpässlichkeiten oder Unstimmigkeiten in der Familie.

Irgendwann empfand Karl das kommende Wochenende für sich als angenehme Möglichkeit, aus der offensichtlich angespannten Situation seiner Frau entfliehen zu können. Und er hoffte, dass sie nach dem Besuch bei genannter Freundin ausgeglichener zurückkäme. Manchmal brauche man eben eine kleine Pause, so sein Kommentar.

Und dann setzte sich Anna in ihr Auto, grüßte noch einmal mit einem Winken und fuhr in ihr geplantes Wochenende. Karl hatte sich einen Plan gemacht, was er in ihrer Abwesenheit alles an Reparaturen durchführen wollte, und begann gleich, sich in die Arbeit zu stürzen.

7. Begegnung

Als Anna den Ort des geplanten Wiedersehens mit Peter erreicht hatte, klopfte ihr Herz bis zum Hals. Und obwohl sie davon ausging, Peter erst am nächsten Tag zu treffen, war sie schon so aufgeregt, dass sie sich fragte, wie sie die Nacht überstehen sollte.

Das Einchecken im Hotel raubte ihr fast die Stimme und die Flasche Mineralwasser, die auf dem Schreibtischchen stand, reichte kaum aus, um den ersten Durst zu löschen. Gleichzeitig aber wurde ihr fast übel von der Menge Wasser, die sie in sich hinein kippte.

Und während sie ihre Sachen im Schrank verstaute, sah sie Peter vor sich, wie er damals an der Tür stand, den traurigen Blick seiner Augen auf sie gerichtet, als ob er von ihr den Wegweiser für sein künftiges Leben erwartete. Und sie spürte, wie sie damals die Kontrolle verloren, sich Hals über Kopf in diesen viel zu jungen Menschen verliebt und ihm ihr ganzes Leben zu Füßen gelegt hatte.

Damals hatte sie Peters Nähe als permanentes Hochgefühl ihrer Emotionen erlebt, ein Gefühl, das von Tag zu Tag stärker geworden war und ihr jeglichen Verstand geraubt hatte. Und irgendwann hatte sie der übermäßigen Lust nachgegeben, nachgeben müssen, mit ihm zu schlafen.

Karl hatte damals geduldet, was er gesehen hatte, hatte sich eingeredet, zu glauben, was sie gesagt hatte, und hatte gelitten unter dem sichtbaren Betrug. Karl hatte sogar bis zum Schluss geglaubt, dass sie den letzten Schritt dieser Beziehung nicht getan hatten. Zu absurd schien ihm damals das Ganze. Karl hatte sich damals zum Idioten gemacht, als er nach Hause gefahren war und Anna mit Peter zurückgelassen hatte, aber immerhin hatte er damals gelernt, sich zu entscheiden und dieses auch beizubehalten.

Er hatte sich für Anna, für ein weiteres Zusammenleben entschieden. Er hatte sich damals tatsächlich eingeredet, dass der „letzte Schritt" noch nicht passiert wäre. Später las er auf einem Zettel, den Anna in ihrem Geldbeutel versteckt hatte, die ganze Wahrheit. Er, Karl, dürfte nie erfahren, dass Peter und sie miteinander geschlafen hätten. Als er Anna darauf hin ansprach, musste sie reinen Wein einschenken, aber auch das tat sie nur in kleinen Häppchen. Was letztendlich wirklich alles passiert war, erfuhr er erst über ein Jahr verteilt. Vielleicht hätte er zum Zeitpunkt der Entdeckung anders entschieden, wenn er das wahre Ausmaß dieser Beziehung gekannt hätte. Nun aber war es wie eben bei Fontane nur im Vorfeld der vernünftigen Überlegungen. Nach langer, glücklich empfundener Gemeinsamkeit wäre eine Trennung aufgrund der zurücklie-

genden Vorfälle absurd gewesen und hätte alle Gefühle, die sich beide in dieser Zeit gezeigt hatten, in
Frage gestellt.

Dass Anna noch lange Zeit mit den Erinnerungen an Peter gekämpft hatte, was Karl natürlich nicht
wusste und erst viel später erfuhr, änderte nichts an
Karls Entscheidung, bei Anna zu bleiben. Auch als er
viele Einzelheiten über die Beziehung der beiden erfuhr, revidierte er seine Entscheidung nicht. Und obwohl er nie verstanden hatte, was damals letztendlich
Beweggrund der Vorgänge war, die am Ende nur
noch Katastrophe waren, blieb seine Lebenszusage
für Anna bestehen.

Aber auch Anna hatte immer wieder wie Karl
argumentiert, erklärte Liebe und Zuneigung und genoss ihre Position in der recht großen Familie. Und
nicht selten kam sie mit Karl zu dem Schluss, dass
der Sinn des Lebens im Überleben durch die Enkel
und eine damit verbundene enge Familientradition
bestände. Daraus konnte man durchaus auch Glück
definieren, was immer wieder auf den Festen der Familie deutlich wurde.

Anna versank in ihre Gedanken, legte sich auf
eines der Betten und schloss die Augen. Sie sah Peter
vor sich, wie er damals vor ihr stand, und sie sah
Karl, der jetzt vielleicht Zuhause an sie dachte. Und
ihr Entschluss, dass in keinem Fall etwas passieren
würde, was sie nicht kontrollierte, wurde immer
stabiler.

Als es plötzlich klopfte, erschrak Anna, denn sie konnte sich nicht vorstellen, wer sie in diesem Moment stören könnte. Es konnte nur ein Problem mit der Anmeldung sein, vielleicht ein Bediensteter des Hotels. Sie öffnete.

Und da stand er, Peter, Annas Wangen wurden weiß, dann rot. Ihr Blick traf seine Augen, immerhin war die Person vor der Türe zunächst fremd, man musste sie erst mal erkennen. Aber die Augen, sie hielt sich fest am Türrahmen. Ein kleiner Bauchansatz, das Gesicht deutlich älter, die Haare lang wie damals, aber deutlich lichter geworden.

Schon einmal war sie ihm erlegen und wieder ergriff sie die Kraft dieser Melancholie, die alle Instinkte in ihr aufrief. Und sie wusste in diesem Moment, dass alle Kontrolle verloren war, er mit ihr machen konnte, was er wollte.

Die jahrelangen Versuche, ihre Emotionen unter Kontrolle zu haben, waren mit einem Mal ad absurdum geführt, sie fühlte ihren Körper als schmelzendes Wachs, und dann seine Hände. Sie legten sich um ihre ausladende Taille, formten ihren Körper nach und berührten zärtlich die aufgestellten Knospen ihrer festen Brüste. Und sie gab sich dem Kuss hin, den er ihr schenkte. Ein Kuss, in dem sie versank, wie sie es schon lange nicht mehr zugelassen hatte.

Und Peter spürte seine Macht, massierte ihren Körper weiter, tat alles, was er auch damals gedurft und getan hatte.

Und er genoss Einzug in länger schon verschlossen Portale der physischen Liebe. Und Anna fieberte ihm mit ihrer Erfüllung entgegen, als er eindrang.

Und in diesem Moment spielten alle Ängste und Lebenszweifel keine Rolle mehr. Schnell fanden ihre Körper den gemeinsamen Rhythmus und führten Anna dem Orgasmus entgegen, als sie auf ihm ritt. Dann kniete er sich hinter sie und sie ließ ihn sich bereitwillig unter lautem Stöhnen in sie ergießen.

Aber noch in der gleichen Nacht kurz nach der Vereinigung hatte Peter sie zurückgelassen und bei anbrechendem Tageslicht saß Anna bitterlich weinend auf dem Balkon ihres Hotelzimmers.

Damals hatte der Knabe mit den traurigeren Geschichten ihren Verstand völlig benebelt und sie alle Vernunft vergessen lassen. Als sie ihm ihren Mund zum Kuss überließ, waren ihr fast die Sinne geschwunden und sie hatte das unbändige Verlangen empfunden, ihn in sich aufzunehmen. Sie hatte ihn verrückt machen wollen und sich selbst ebenfalls. Und schon die erste körperliche Begegnung hatte grenzenlos heiße Ströme in ihr eröffnet, die sie mitgerissen und Erfüllung gebracht hatten. Und jetzt war ihr das Gleiche passiert, ohne dass sie es gewollt hatte.

Und wie damals wusste sie nicht, wie sie mit der Situation umgehen sollte. Wie damals saß sie in ihrer Tränenflut zusammengesackt auf einem Balkon, der ihr fremd schien und ihr das Gefühl vermittelte, dass er ihr keinen Halt geben würde, wenn sie über die Brüstung fiele.

Und wie damals stand sie vor lebensweisenden Entscheidungen, obwohl sie sich vorgenommen hatte, nie wieder die Kontrolle über ihre Gefühle zu verlieren. Aber genau dies war passiert. Sie war gebannt von Peter, obwohl sie keinerlei Kriterium nennen konnte, warum dies so war.

Peter hatte längst nicht mehr das Flair des jugendlichen und ungestümen Unwissenden in Sachen Liebe. Peter war gereift, wusste zielgerichtet vorzugehen, hatte sie überrumpelt. Aber sie hatte auch keinerlei Kraft zur Gegenwehr gehabt, hatte sich ihm einfach unterworfen, es geschehen lassen. Und sie hatte es genossen, wie sie schon lange nicht mehr Sex gehabt hatte.

Sie liebte aber Karl und ihre Familie, die treue und umsorgende Kraft des inneren Friedens. Damals waren es die Kinder, die noch eine wichtige Rolle gespielt hatten, dass sie die Familie nicht verlassen hatte. Heute waren diese erwachsen und bedurften keiner Betreuung mehr. Was also konnte sie jetzt bewegen, ihre Lebenssituation beizubehalten? Und was konnte sie als Kriterien benennen, diese zu ändern?

Oft hatte sie mit Karl über Trennungen und Krisen gesprochen, ohne selbst betroffen zu sein. Und immer wieder hatte er ihr zugesichert, dass auch bei einer Trennung für sie kein Nachteil entstehe. Aber würde er sich auch an seine Versprechen halten? Würde er erneut eine Zeit dulden, in der sie sich orientierungslos zeigen würde. Würde er verstehen, dass sie ihre Linie verloren hatte.

Dass sie sich entscheiden müsste, irgendwann, das wusste sie. Aber wie damals war es ihr momentan nicht möglich, diese Entscheidung zu treffen. Der Verstand schrie ihr fast entgegen, dass sie Peter nie wiedersehen durfte, der Körper aber hielt mit allen Fasern fest an ihm wie an einem Phantom.

Und sie entschied sich, das Ganze geheim zu halten, zunächst zu testen, aber letztendlich auszuleben, Karl würde ihr genug Freiheit geben und er würde blind genug sein, weil er sie liebte. Und es würde eine andere Situation als damals sein, als alles fast unter dem Wissen ihres Mannes passiert war und sich täglich die Entdeckung der Beziehung aufgedrängt hatte.

Als Peter am nächsten Vormittag an der Rezeption des Hotels erschien, war Anna schon unterwegs im Park des kleinen Städtchens und genoss die frische Luft der Freiheit, allein zu sein. Aber die Gedanken daran, wie sie sich jetzt verhalten würde, ließen sich nicht wegdrücken.

Sie wusste, dass sie ihre Koffer hätte packen und nach Hause fahren sollen, aber etwas hielt sie zurück und sie konnte es nicht hinreichend erklären. Noch einmal nur wollte sie Peter sehen, sich wenigstens verabschieden, ihm sagen, dass sie sich nie wiedersehen würden. Wenigstens wollte sie dies von Angesicht zu Angesicht durchstehen. Nur noch einmal vielleicht seine Hand halten und einen letzten Kuss tauschen. Es würde auch weiter nichts mehr passieren sollen, nichts mehr passieren dürfen.

Und sie legte sich genau zurecht, wie diese letzte Begegnung ablaufen sollte, vielleicht eher in der Nähe der Rezeption, aber doch so weit entfernt, dass man auch Gefühlsausbrüchen nachgeben durfte. Oder vielleicht dann doch lieber das Gespräch mit ihm im Zimmer. Vielleicht ein Gläschen Wein dazu. Und wieder raste ihr Herz, schien sich aus der Brust befreien zu wollen, nahm ihr kurzzeitig die Luft.

Zumindest würde sie von Anfang an klarstellen, dass eine Wiederholung des Vorfalls des vergangenen Abends auf keinen Fall möglich wäre. Und sie würde ihm das auch erklären mit Familie, mit Karl und mit ihrem Alter, das eigentlich grundlegende Veränderungen nicht mehr zuließe.

Und so fühlte sie sich doch etwas sicherer, als sie den Weg zurück zum Hotel nahm. Sie würde die Situation schon im Griff haben.

8. Klärendes Gespräch

Als Anna zum Hotel zurückkahm, hatte Peter ihr schon zwei Nachrichten hinterlegt. Einmal eine liebevolle Begrüßung zum Guten Morgen und die Frage, wo sie sei. Dann eine zweite, die eher ungeduldig formuliert nach ihrem Aufenthalt fragte und auf das Telefon verwies. Wenn sie zurückkäme und Interesse hätte, könnte sie ihn benachrichtigen. Er warte.

Einen Moment schwankte Anna in ihren Plänen. Ob es nicht doch besser sei, telefonisch das Ganze zu beenden und nach Hause zu fahren, sie war sich nicht schlüssig. Zu drängend schien ihr die zweite Mitteilung, aber auch irgendwie zwingend, ihre Planung einzuhalten.

Die Mail von ihr an Peter wurde postwendend mit einem „Na endlich" beantwortet. Dann folgten Sorgen, die er sich gemacht hätte, eine erfolglose Suche, auch etwas von Sehnsucht auf Wiedersehen und die Frage, wann man sich treffen könne.

Peter hatte also gar nicht damit gerechnet, dass die Frage eigentlich lautete, ob man sich treffe. Er ging offensichtlich fest davon aus, dass man sich wiedersehe an diesem Abend. Die Frage nach einem gemeinsamen Essen kam dann Anna ganz recht. Zumindest konnte man sich auf neutralem Boden sehen und vielleicht auch mal etwas austauschen über die verschiedenen Lebenssituationen. Denn am gestrigen Abend waren diese Informationen deutlich zu kurz gekommen.

Peter holte sie vor dem Hotel ab. Anna hatte dies extra arrangiert, um ihn nicht auf ihrem Zimmer empfangen zu müssen. Und sie schaute ihn zum ersten Mal genauer an.

Ihre letzten Erinnerungen waren geprägt durch ein noch jugendliches Gesicht auf einem eher schmächtigen Körper. Aber genau dies hatte sie dann beim damaligen Sex mit ihm auch fasziniert. Jetzt war er in die Breite gegangen, deutlicher Bauchansatz und insgesamt viel mehr Kilos als damals. Seine Gesichtszüge zeigten erste Falten, sein ehemals üppiges und lang getragenes Haar signalisierte erste Freistellen und war wohl in der vergangenen Zeit auch dünner geworden. Aber er trug es immer noch schulterlang, was sie in diesem Moment fast unpassend fand. Immerhin war er jetzt weit über Dreißig.

Sein Lächeln hatte immer noch diese unergründliche Traurigkeit und zog sie nach wie vor in seinen Bann. Aber waren dies nicht Verhalten, die noch auf die damals erlebte Faszination zurückgriffen. War dies der heutigen Situation wirklich angemessen.

Das von ihm ausgesuchte Lokal bot recht persönliche Plätze, ein wenig verborgen hinter Trennwänden. Ein Gläschen Wein, zunächst unverfängliche Gespräche, ein netter Abend kündigte sich an. Dabei zeigte Peter sofort Verständnis für die durch Anna angedeuteten Probleme, was ihrer beider Beziehung betraf. Er bestätigt sie sogar, sehe dies genauso, unterstütze ihre Überlegungen.

Und dann seine Geschichte. Er hätte Familie, Frau und zwei Kinder, länger schon in Trennung lebend. Sie wäre fremdgegangen, hätte ihn gedemütigt, lächerlich gemacht. Er hätte sich umbringen wollen, dann sich aber entschlossen, weiter zu leben. Schließlich hätte er sich an sie, Anna, erinnert, die ihm damals so selbstlos geholfen hätte.

Dabei benannte er wie beiläufig den damaligen Sex, die Beziehung, den Fastverkauf ihres Lebens als selbstlose Hilfe für ihn, er habe Kraft geschöpft für ein neues Leben. Und Anna versuchte sich zu erinnern an die Katastrophe, mit der er ihre Zuneigung erhascht hatte.

Es war wohl die von ihm miterlebte Fremdbeziehung seiner Mutter, die sie damals so bewegt hatte. Aber sie konnte die Bedeutung dieses Vorfalls für Peter gar nicht mehr einschätzen. Offensichtlich war er damals in der Lage, sich angesichts dieses Vorfalls so massiv in Frage zu stellen, dass nicht nur ihre weiblichen, sondern auch mütterlichen Instinkte dermaßen angefeuert wurden, dass sie letztendlich mit ihm im

Bett landete. Aber die Bedeutung dieses Vorfalls nach so vielen Jahren schien ihr doch übertrieben.

Dann berichtete Peter über Lebensperspektiven, die er entwickelt habe. Afrika als Ziel seiner selbstlosen Hilfeanstrengungen, vielleicht Ärzte ohne Grenzen als Krankenpfleger, ein Leben in Verzicht auf materielle Werte, aber uneingeschränkte Hilfe für bedürftige Menschen.

Und Anna dachte an Karl, seine diversen Sammlungen von Büchern und Spielzeug, sein Festhalten am Mammon und ihre ins Leere laufenden Bitten, wenigstens einen Teil des Sammelsuriums zu verkaufen. Anna dachte an Verzicht auf all die das bestehende Dasein belastenden Dinge und die eigentlich notwendige Hingabe für Menschen in Not. Und Peter schwärmte weiter mit der Wiederbelebung all ihrer Träume, die sie ihm damals erzählt hatte. Peter sprach von Zukunft mit hohen Aufgaben und Abenteuern. Und Anna schmolz ihm entgegen.

Und dann sprach Peter von Liebe und Sex, von zärtlichem Anfassen und Küssen, von Lust und Leidenschaft. Er habe sie nie vergessen können und er habe nie vergessen können, was er alles erlebt habe mit ihr. Er habe sein ganzes Leben danach ausgerichtet und letztendlich seine Beziehung vor die Wand gesetzt, weil er mit den Erinnerungen an sie nie ganz fertig geworden sei. Und dann begann er sie zu berühren.

Erst tasteten seine Hände sich vorsichtig zu ihrem Gesicht, ihrem Mund, ihrem Hals. Dann wanderten sie tiefer, umfassten ihren Busen, Küsse folgten. Schließlich landete seine Hand unter ihrem Rock in ihrem Schoß und sie spürte ihre Lust.

„Ich stehe total drauf", flüsterte er, als er den Body als einziges Bekleidungsstück unter ihrer Strumpfhose fühlte. Er zog kurz die Augenbrauen hoch und drängte dann zum Gehen.

Im Zimmer öffnete er ihr Rock und Bluse und ließ beides zu Boden gleiten. Dann löste er die Druckknöpfe des Bodys und zog diesen nach oben über ihren Kopf. Sie hörte das Reißen der Strumpfhose, als er ihr Bein anhob und sie im Stehen nahm. Schnell wurde sein Stöhnen lauter und er ergoss sich in ihr.

Anna fühlte sich ein wenig überrumpelt und hätte eigentlich ärgerlich sein wollen, aber es gelang ihr nicht. Stattdessen kniete sie sich vor ihn und nahm sein Glied in ihrem Mund auf. Als Peter mit leichten Stößen begann, gab sie sein inzwischen wieder steifes Glied frei und zog ihn aufs Bett. Seine Stöße brachten sie schnell zum Orgasmus. Dann drehte sie sich um und ließ ihn von Hinten ein, damit auch er noch einmal kommen konnte.

Die Lust dieser Nacht bestrafte alle Zweifel der Lüge, sie gab sich hin und er gebrauchte ihren Körper. Am nächsten Morgen, als sie erwachte, war er nicht mehr da, hatte wohl schon gegen Mitternacht das Zimmer verlassen.

Lange war sie sich ihrer Gefühle nicht sicher, dann weinte sie wieder, aber auch dies half ihr nicht, sich klar zu werden, wie alles weiterlaufen sollte.

Der letzte Abend war alles andere als nach ihrer Planung verlaufen. Die endgültigen Schritte hatte sie nicht durchführen können. Ein bisschen schlechtes Gewissen hatte er auch noch bei ihr initiiert, dass sie ihn damals zu jung noch geprägt hätte für seine fehl gelaufene Beziehung.

Und sie war wieder schwach geworden, hatte ihre Kontrolle verloren. Und sie wusste, dass ihre Schwäche, die sie ihm gegenüber gezeigt hatte, auch damals Ursache ihres völligen Durcheinanders gewesen war. Ihr Gefühlschaos war offensichtlich nicht kontrollierbar, was ihn betraf.

Genau das, was sie in keinem Fall wollte, wieder gewollt hatte.

Und sie konnte es sich genauso wenig erklären, wie sie es damals gekonnt hatte. Hier war ein Mensch, der in irgendeiner Weise Macht auf sie ausübte, wie hatte sie das damals Karl erklären können. Und wie wenig war es möglich, dafür heute Erklärungen zu finden.

Ihr Chaos war perfekt. Ihre Emotionen fuhren Achterbahn. Sie würde das Wochenende verschweigen, abhaken, nie mehr hier hin zurückkehren, ihn nie mehr treffen, alles vergessen.

Aber sie vergaß nichts.

9. Heimkehr

Als sie in die Einfahrt ihres Anwesens einbog, stand Karl schon freudestrahlend auf dem Hof und begrüßte sie überschwänglich. Sie genoss seine Umarmung, vor allem seine Vorsicht ihr gegenüber. Karl fragte sogar, wenn er ihr näher kommen wollte, ein sehr liebenswerter und angenehmer Partner. Aber durch all diese Rücksichtnahme vielleicht auch ein viel zu zurückhaltender Sexualpartner.

Aber was erwartete sie, was sollte Karl unternehmen, um sie grenzenlos zu erregen. Waren all diese Zeiten vorbei? Kannte sie diesen Mann schon viel zu lange? Waren all die körperlichen Begegnungen nur noch Resultat vorher festgelegter Abläufe und damit vielleicht sogar langweilig. Oder zeigte dies nur die Normalität in der Entwicklung langjähriger Beziehungen, dass zwar das Vertrauen eine intensive Nähe zum Partner bedeutete, aber die Lust auf körperliche Vereinigung deutlich abzunehmen schien. Und war es vielleicht tatsächliche Liebe, die sie beide verband und den Beweis durch den Beischlaf nicht mehr benötigte?

Und in diesem Moment begriff sie die unendliche Liebe dieses Mannes, der sie begehrte, aber auch achtete, der ihr nie zu nahetreten würde. Wie absurd, dachte sie, nach so vielen Jahren ausgefülltem Sex und zweier Kinder. Und wie absurd nach einem solchen Erlebnis, wie es mit Peter geschehen war.

Aber irgendwie hatte sie Karl auch in diese Rolle gebracht. Denn sie erlebte seine vorsichtige Zärtlichkeit durchaus als sehr angenehm. Und vielleicht würde der Sex ja auch irgendwann wieder mal eine wichtigere Rolle spielen zwischen den beiden Letztendlich war Karl der Mann, mit dem sie stressfrei und unbelastet ihren Lebensabend verbringen konnte und wollte.

Sie lächelte liebevoll, versuchte Freude zu zeigen. Und zunächst gelang ihr dies auch.

Immerhin begrüßte sie Karl wie immer nach einem Wochenende, das sie außerhalb verbracht hatte, eine Auffälligkeit war da nicht zu registrieren, und wenn etwas gewesen wäre, würde sie davon erzählen.

Die Erzählung blieb karg, keine freudigen Details, keine Kritik an den besuchten Freunden, kaum etwas Persönliches. Aber für Karl keinerlei Auffälligkeit, zumal er sich vorgenommen hatte, seine Frau nicht zu fragen nach Erlebnissen vom Wochenende, die sie nicht von sich aus preisgab. Er war sich ihrer sicher, und wenn etwas Bedrohliches geschehen wäre, so hätte sie sehr schnell „den Weg nach Hause" gefunden. Keine Fragen, keine Antworten, ein Grundprinzip ihrer Beziehungen.

Anna zeigte sich sehr kokett, baggerte Karl an diesem Abend an, wie er es seit langem nicht mehr erlebt hatte, forderte ihn irgendwann auf, mit ihr ins Bett zu gehen. Und Anna zeigte sich sehr liebevoll, als alles nicht funktionierte. Erst keine Reaktion, dann Versuche, letztendlich unterdrückte Enttäuschung bei ihr, gar nichts ging mehr. Karl lag völlig frustriert neben ihr und sie sorgte für Deeskalierung der ganzen Situation, indem sie Karl zärtlich anfasste.

Und Anna dachte an Peter.

Dass all dies Endpunkt einer gemeinsamen Entwicklung von Anna und Karl war, wusste sie sehr wohl. Aber es war auch Istzustand einer Beziehung. Anna und Karl liebten sich, aber Lust lief anders.

Und nun schwebte Anna zwischen den Annehmlichkeiten ihres bisherigen Lebens und dem so geilen wie auch irgendwie enttäuschenden Peterschen Abenteuer.

Die nächsten Tage und Wochen vergingen in Harmonie, vielleicht auch eben in planbarer Harmonie. Außer einer kurzen Streitsequenz bedrohte nichts das Idyll des Familienlebens von Karl und Anna. Der von Anna befürchtete Run an Mails von Peter blieb aus. Wochenlang ließ er nichts von sich hören.

Eine Phase der Beruhigung für Anna, wie sie zufrieden feststellte. Lange Abendspaziergänge am Gardasee endeten meist in einer der kleinen Weinkneipen, die ihren Hauswein anboten. Neben vielen Leckereien zum Abend gab es diese Kostbarkeit oftmals nur für Einheimische oder Bekannte. Er war günstiger und schmeckte besser als die vielen Markenweine aus dem übrigen Italien.

Karl und Anna waren inzwischen in dem kleinen Ort am Gardasee bekannt als die Deutschen, die nicht als Touristen das Land überfielen, sondern mit ihrer Hände Kraft für Natur und Wirtschaft sorgten. Und sie waren in den Kneipen gern gesehene Gäste. Man begrüßte sie fast wie alte Freunde und war immer für einen Plausch bereit, zumal Anna inzwischen sehr gut italienisch sprach.

Karl saß dann oft dabei, verstand alles, aber traute sich nicht, sich zu äußern, und trank eben den Gästen zu, was sie sehr freundlich aufnahmen.

Und auch beim Einkauf, vor allem, wenn es um Fleisch und Wurst ging, hatte Karl zunehmend den Eindruck, dass die Metzgermeister für ihn und Anna eher mal im Kühlraum nachschauten, als die Auslage für die Touristen zu bemühen. Man hatte sich ein wenig auf die Deutschen oberhalb des Touristenortes eingeschossen und ihre Bereitschaft, sich ehrlich und offen zu geben, angenehm erkannt.

Die Diskussionen dagegen liefen eher verhalten, immerhin hatte man als gemeinsames Thema ja die europäische Union, aber man wusste auch, dass Karl und Anna durchaus sehr umfassend informiert waren. Schlagwortdiskussionen blieben deshalb aus und eine Bemerkung über die Tedeschi wurde, wenn sie denn ironisch gefärbt war, nur unter vorgehaltener Hand gemacht.

Man mochte die beiden und ihre Art und man war fast bereit, sie in den nächsten fünfzig Jahren auch als Eingebürgerte zu sehen. Natürlich müssten sie dann auch dem norditalienischen Flair noch etwas näher rücken, aber die Ansätze schienen vielversprechend. Und manchmal ertappte sich Karl sogar bei der Vorstellung, er habe viel für die Völkerverständigung getan. Und er fühlte sich gut und bequem in seiner Rolle.

Auch erste Einladungen waren schon erfolgt, nicht unbedingt zu großen Familienfesten, aber mal zum Kaffee, unverbindlich. Und Anna und Karl hatten sich auch schon revanchiert, ein Sundowner mit Blick auf den See war eben etwas Besonderes, dafür bot die Terrasse des Hauses den Blick auf den Gardasee.

Zwar verlief noch eine Küstenstraße zwischen Grundstück und See, die aber durch die erhöhte Lage des Hauses kaum auffiel und auch, wenn der sommerliche Touristenstrom nachließ, wenig befahren war. Aber den vor allem abendlich herrlichen Blick beim Sonnenuntergang konnte dies nicht beeinträchtigen. Lediglich in den Hochsommermonaten war die Besiedlung durch Touristen manchmal störend, aber man kann nicht im Paradies leben, ohne auch einen Wermutstropfen zu haben, so Karl.

Gut zwei Monate waren nun vergangen seit Peter sich bei Anna gemeldet hatte. Anna hatte sich wieder eingerichtet in ihrem geordneten Leben und Peter fast vergessen. Nur manchmal dachte sie zurück und dann schlug ihr Herz so laut, dass sie glaubte, Karl müsste es hören. Aber es gelang ihr recht gut, die Erinnerung zu verdrängen und das Positive ihres jetzigen Lebens wieder zu ihrer Lebensmitte zu machen.

Dann die Nachricht, diesmal eine Whats - App Nachricht mit Bild, darauf Peters Lächeln in die Selfie-Camera.

10. Wiedersehen

„Wir müssen uns wiedersehen, ich sterbe vor Sehnsucht, ich bin beruflich in der Nähe des Gardasees, eine gute Gelegenheit."

Anna war zunächst schockiert. Hatte sie ganz vergessen, dass Peter sie nicht in Ruhe lassen würde, dass er vielleicht ein Wiedersehen wollte? Hatte sie wirklich geglaubt, ihn nicht mehr kontaktieren zu müssen, nur weil er sich nicht meldete? Und fast empört schrieb sie die Ablehnung des Treffens zurück, ohne Begründung, einfach, dass sie es nicht wollte.

Aber Peter fuhr schwere Geschütze auf, die Scheidung von seiner Frau stehe nun bevor, er fühle sich bedroht, sie müsse ihm helfen. Und weiter, sie dürfe ihn jetzt nicht alleine lassen, das sei sie ihm schuldig, nachdem, was alles mit ihr passiert sei in seiner Jugend. Sie habe schließlich beigetragen zu seiner misslichen Lage und ihm stehe das Wasser bis zum Hals. Genauer aber wolle und könne er sich nicht äußern auf diesem Wege. Sie müsse ihn treffen.

Sonderbar war dabei, dass er nicht um Geld bat, wo ihm doch das Wasser bis zum Hals stünde. Anna hatte erwartet, dass er in eine Notsituation geraten war, aus der sie ihn mit ein wenig geldlicher Unterstützung hätte heraushelfen können. Aber nichts dergleichen belastete ihn. Vielmehr bestand er auf einem Treffen und dabei hatte er auch keinerlei Skrupel, sie davor zu warnen, Karl mit Hinweisen auf ihr Verhältnis zu beglücken.

Spätestens hier hätte Anna auffallen müssen, was Peter im Schilde führte. Sie hätte bereitwillig Geld gegeben, aber dann Karl mit einbezogen. Sie hätte ihm das Wochenende mit Peter erklären müssen, aber sie hätte nicht hinter Karls Rücken agiert. Und damit wäre die Bedrohung durch Peter für sie auch nicht mehr aktuell gewesen.

Außerdem, so Peter, habe er tolle Möglichkeiten aufgetan, medizinisch im Ausland tätig zu werden. Genaueres aber nur unter vier Augen. Es sei noch geheim.

Anna floss uferlos hin und her zwischen Neugier, schlechtem Gewissen, Verpflichtungsgefühlen und seltsamer Lust aus Abhängigkeit zu einem Mann und dessen Ideen und Versprechen, was für sie zunehmend zur Bedrohung wurde.

Ohne Unterstützung würde sie wieder schwach werden, wenn sie Peter gegenüberstand und er irgendwelche Versuche startete, das wusste sie. Aber sie würde die Situation so entschärfen, dass er ihr nicht zu nahe kommen konnte. Noch wusste sie nicht, wie sie dies bewerkstelligen könnte, aber es würde ihr schon etwas einfallen.

Und somit sagte sie zu. Sie würden sich treffen, eine Ausrede hätte sie immer parat für Karl, aber keine Intimitäten, signalisierte sie Peter.

Peter sagte spontan zu, garantierte eher spaßig, dass er seine Finger unter Kontrolle halten würde, schlug ein Hotel in Riva del Garda vor, in dem er bereits ein Doppelzimmer gemietet hatte. Warum ein Doppelzimmer, hätte Anna fragen sollen, fragen müssen. Warum nicht ein zwangloses Treffen in einem der vielen Cafes am Gardasee? Warum so nah an ihrem Lebensbereich mit Karl?

Aber längst überlegte sie nicht mehr, was hinter diesem Arrangement hätte stecken können. Sie war nur noch erregt im Angesicht des Wiedersehens mit Peter. Und sie konnte sich diese Erregung nicht erklären. Eine Frau, die ihre Sexualität minimiert hatte um nicht mehr ihre Kontrolle zu verlieren, fuhr auf windige Erklärungen zur eigenen Sicherheit ab, die sie sich auch noch selbst gab.

Vielleicht dachte sie schon in diesem Moment an ein wirklich letztes Mal, dieser berühmte letzte Beischlaf vor der Trennung, vielleicht glaubte sie aber tatsächlich an ihre eigenen Kräfte, die sie als ausreichend einstufte, um seinen eventuellen Annäherungen zu begegnen.

Vielleicht aber steckte viel mehr hinter der Faszination, die Peter auf sie ausübte. Und dass es nicht unbedingt der Sex mit ihm war, das ahnte sie inzwischen, nein, eigentlich wusste sie es. Aber vielleicht musste sie dies tatsächlich in einem letzten Treffen noch einmal klären, um für sich den Absprung zu ermöglichen.

Sie sagte zu, würde zum Treffen kommen, würde Karl nicht einweihen.

Peter war deutlich gepimmt, wie man in der Autobranche sagte. Feines Hemd, Anzug, ordentliche Qualität. Er saß ihr gegenüber in der Hotelbar, fixierte sie fast aufreizend frech. Sie kämpfte verzweifelt gegen die Macht seines Blickes, aber sie spürte, wie er den Weg in ihr Inneres fand, sich bis zu ihrem Schoß drängte.

Sie konnte nicht verhindern, dass sie feucht wurde und sie konnte nicht verhindern, dass er dies offensichtlich bemerkte. Sie hätte ihn auch hassen können in diesem Moment, denn der Hass war der Lust sehr nahe. Aber sie fand keinen Weg, ihm und ihren Lüsten auszuweichen.

Seine Ausführungen, die er blumenreich beschrieb, hatten immer weniger zu tun mit dem Unheil, dass er ihr als so dringend beschrieben hatte, um die Begegnung herbeizuführen. Er habe inzwischen alles wieder im Griff, könne erst mal aufatmen, die Scheidung sei auf jeden Fall aber durch. Er wäre jetzt ein freier Mensch und wollte dies genießen, würde sich darauf freuen und endlich die lange gehegten Pläne des Auslandseinsatzes verwirklichen.

Dabei streifte sein Blick ihren Busen und ein Flackern in seinen Augen war unmissverständlich zu bemerken. Und es war ein schon fast siegreiches Flackern. Denn längst hatte er ihre Erregung gespürt, sie an seinen Lippen hängend gesehen. Nur ein Wink noch würde reichen und sie würde ihm auf sein Zimmer folgen.

Doch Anna blieb tapfer, entwickelte mehr Widerstand, als er erwartet hatte. Sie weigerte sich, ihn auf sein Zimmer zu begleiten, sprach von Karl und ihrer Lebenssituation, kämpfte gegen die Versuchung, Peter zu erliegen. Und während sie von gesellschaftlicher Sicherheit und familiärer Geborgenheit berichtete, kamen ihr die genannten Argumente zur Beibehaltung ihres jetzigen Lebens immer weniger überzeugend vor. Irgendwo saß immer noch der Traum vom „Ganz anders leben", vom Helfen in bedrohten Gebieten.

Peter verfügte nicht nur über die Erinnerungen an die Vergangenheit, an das, was damals zwischen ihnen passiert war, an den Rausch der Sinne ohne rationale Erklärung, an die totale Hingabe sondern auch an die Wünsche und Träume von Anna. Und dann weihte er sie ein in seine Pläne, dass er in Afrika in einem Camp für Ärzte ohne Grenzen arbeiten wolle.

„Ich habe alles klar gemacht, bin schon fast dort, sie warten nur noch auf eine ausgebildete Ärztin. Sie suchen dringend noch Personal, gute ausgebildete Leute sind rar und unbedingt notwendig"

Sie solle ihre Koffer packen und mitkommen. Er habe Unterkunft und Verträge schon vorbereitet und anwaltlich prüfen lassen. Es sei hundertprozentig und es sei das, was sie immer im Geheimen gewollt habe.

Und Anna wurde weich und verlor ihre Kontrolle zunehmend, träumte von der Realisierung ihrer immer wieder hinten angestellten Wünsche und wollte letztendlich glauben, dass sie sich erfüllen würden mit Peters Hilfe.

Und fast willenlos folgte sie ihm auf sein Zimmer.

Peter fiel in dieser Nacht über sie her, drang wild in sie ein, vögelte ungezügelt und siegesgewiss und ergoss sich stöhnend. Anna lag unter ihm, anfängliche Gefühle waren verschwunden, von Peter platt gemacht. Sie drehte den Kopf weg, als er sie küssen wollte, versuchte die Tränen herunterzuschlucken. Dann seine Worte von unbändiger Lust, wochenlanger Pause, die Gefühle seien mit ihm durchgebrannt, es täte ihm leid, sie müsse vergeben, er sei immer noch im Damals verhaftet.

Und er erreichte, dass Anna sich ihm zuwandte, ihm vergab, was gar nicht zu vergeben war, ihn zu trösten versuchte, wo eigentlich sie Trost gebraucht hätte. Letztendlich schliefen sie miteinander, ohne dass Anna ihre Erfüllung erlebte, aber sie sah es als einen wunderbaren und versöhnlichen Moment der gegenseitigen Zuneigung.

Und Anna vergaß, was sie in dieser Nacht erlebt hatte, sah nur die Vereinigung in vermeintlicher Übereinkunft. Den Rest des Erkennens verschleierten ihre Tränen, die nur zum Teil für Karl vergossen wurden. Denn ein anderer Teil galt dem kommenden Glück, das sie soeben erlebt zu haben glaubte. Und Peter spielte dabei eigentlich keine Rolle mehr.

Peter begann wieder mit seinen Zukunftsplänen, dass sie mit ginge, dass sie ihr Leben aufgeben würde für ihn, dass sie Karl verlassen würde, er hätte schließlich alles getan dafür, dass er bereit wäre. Dabei ging er davon aus, dass diese Entscheidungen längst getroffen waren.

Anna sah sehr wohl den Widerspruch des formulierten Zwanges in seiner Argumentation, aber sie fühlte sich zunehmend nicht in der Lage, ihm den Wind aus den Segeln zu nehmen. Und ständig verspürte sie ein diffuses schlechtes Gewissen.

Wie hatte sie auch damals den noch jugendlichen Mann verführen können oder besser, sich verführen lassen von unerklärlichen Gewalten. Sie hatte damit nicht nur mit ihrem Leben und dem ihres Mannes und ihrer Kinder gespielt, sie hatte auch ein furchtbares und Jahre andauerndes Chaos in ihren Gefühlen angerichtet.

Und jetzt war es wieder aufgebrochen, als ob keine Zeit vergangen wäre. Und es belastete ihr Gewissen, obwohl ihr Verstand ihr signalisierte, dass ein schlechtes Gewissen barer Unsinn wäre. Sie fühlte sich Peter auf eine Weise verpflichtet, die sie nicht erklären konnte. Und wenn er Geld gewollt hätte, hätte sie es ihm gegeben. Sie hätte sich in ihren Augen freigekauft, aber sie hätte damit wenigstens oberflächlich gut machen können, was sie ihrer Meinung nach an Fehlern begangen hatte.

Peter aber wollte kein Geld, er wollte offensichtlich sie mit Haut und Haaren. Er wollte sie ganz, ihren Leib, ihre Gedanken, ihr Leben. Und er setzte sie massiv unter Druck mit ihrer damaligen Beziehung zu ihm. Er formulierte Besitzansprüche, die er mit Vergangenem zu begründen versuchte, und er trieb sie damit in ein schlechtes Gewissen.

Inzwischen hatte sie auch seinen Wünschen nachgegeben, ihm also erneut ein Druckmittel verschafft. Er hätte nur Karl informieren müssen, sogar anonym hätte dies funktioniert, und alles in ihrem Leben wäre mit einem Mal in Frage gestellt gewesen. Sie hatte sich Peter ausgeliefert. Und es gab kein Zurück mehr.

Noch wusste sie nicht, wie dieses Spiel weitergehen würde, aber sie wusste sehr wohl, dass sie die schlechtesten Karten dafür hatte.

Anna wurde mit einem Mal klar, dass die einzige Rettung das ehrliche Geständnis gegenüber Karl sein würde. Sie wusste, dass dies das endgültige Aus ihrer Beziehung zu Peter bedeuten müsste. Aber sie wusste auch, dass dies das endgültige Aus ihrer Beziehung zu Karl sein konnte.

Ihr war längst klar, dass der heutige Peter nicht die Person war, der sie verfallen war, dass sich alles nur im Kreis der Vergangenheit und der Erinnerungen drehte. Und mit einem Mal wurde ihr auch klar, dass sie Peter verlassen musste, so schnell wie möglich, dass sie aber auch mit Karl nicht mehr weiter in der Form leben wollte und konnte, wie sie es zur Zeit taten.

Und dieses Mal musste sie sich entscheiden. Sie liebte Karl und ihr Leben mit ihm, konnte es aber unter den jetzigen Umständen nicht mehr leben und sie hing unerklärlich an Peters Träumen. Nur musste sie jetzt endlich beginnen, diesen Träumen selbst Leben zu geben.

Und sie wusste in diesem Moment auch, dass sie dies nur allein durchführen konnte und dass ihr keine Kraft von außen dabei helfen würde. Vor allem nicht der erlogene Mut der scheinbaren Freunde. Und sie spürte die Traurigkeit, weil sie wusste, dass Karl ihr auf ihrem Wege nicht folgen würde, obwohl sie sich dies zu dieser Zeit innig wünschte.

Sie würde alleine sein und alleine bleiben. Aber vielleicht war dies sogar immer ihr innerstes Ziel gewesen, sich unabhängig von allen Einflüssen entscheiden zu können.

11. Zwischenrufe

Dieses Mal fuhr sie vor Anbruch des Tages, ließ Peter zurück im Hotelzimmer. Als sie zu Hause ankam, lag Karl noch im Bett. Sicherlich hatte er sie früher erwartet, aber jetzt schlief er friedlich und ließ ihr Zeit, den aufkommenden Morgen in der frischen Luft des erwachenden Sees zu genießen. Sie atmete in tiefen Zügen, als ob der morgendliche Wind ihre Lebensgeister zu neuer Aktivität beflügeln würde. Und sie genoss die Freiheit des Alleinseins, der Nichtverantwortung gegenüber irgendeinem Menschen.

Als die ersten Cafes öffneten, ließ sie sich bei Alberto nieder, wurde herzlich begrüßt, „so früh auf, die schöne Frau", immer ein Kompliment auf den italienischen Lippen. Dann einen starken Espresso und ein süßes Hörnchen, ganz allein mit der aufgehenden Sonne. Der See lächelte seine zufriedene Ruhe, glatte Oberfläche, kein Kräuseln. Die Baumwipfel schwiegen.

„Es ist heute besonders ruhig", bemerkte Alfredo, „ein besonderer Tag".

„Ja, ein besonderer Tag", sie fühlte die aufkeimende Kraft, alles zu bereinigen, klare Linie zu formulieren, sich zu entscheiden.

Alfredo stand plötzlich neben ihr, fast wäre sie erschrocken, als er sie ansprach. Er habe etwas bemerkt, was ihn beunruhigte, begann er vorsichtig. Etwas, was sie und ihren Mann, den er sehr möge, vielleicht belasten könnte. „Du bist nicht glücklich, trägst etwas Schweres auf deiner Schulter."

Doch, doch, sie sei deutlich gebückt gekommen, so kenne er sie nicht. Und sie habe einen seltsamen Blick in eine andere Welt, der aber nichts Gutes verheiße.

Anna wusste nicht, wie sie reagieren sollte, begann plötzlich heftig zu weinen. Alberto legte liebevoll seinen Arm um ihre Schultern und versuchte sie zu trösten. Es gäbe nichts, was man nicht lösen könne, man müsse nur den richtigen Weg finden.

Aber Anna kannte den richtigen Weg nicht, schwamm im großen Meer, ohne das Ufer zu sehen, und langsam spürte sie, wie ihr die Luft wegblieb.

„Sie haben einen so lieben Mann und sie sollen keinen Fehler machen, auch wenn ein Liebhaber um sie herumschwirrt, das ist nichts Besonderes. Es wird bei ihrem Aussehen auch bestimmt nicht der letzte sein. Männer versprechen viel, wenn sie Frauen haben wollen, aber meist können sie nicht mal das Einfachste einhalten. Die Beständigkeit ist der zuverlässige Fels in der Brandung." Und Alberto machte dabei eine ausladende Bewegung, als ob er den See in seiner Gesamtheit umfassen wollte.

Anna musste lächeln und an Petrus, den Fels in der Brandung, denken, den Alberto in diesem Moment sicherlich nicht gemeint hatte. Aber irgendwie war es ihm gelungen, ihre Stimmung ein wenig aufzuhellen, sie korrigierte ihr Augenmakeup und begab sich auf den Heimweg.

Zu Hause bereitete sie Kaffee für Karl, der gerne morgens zum Aufwachen ein Tässchen trank, und beschloss, Karl alles über die momentane Situation zu berichten. Doch je mehr sie auf die Mitteilung der Wahrheit zusteuerte, desto unsicherer wurde sie mit der Entscheidung, was sie eigentlich wollte.

Könnte sie nicht doch wenigstens versuchen, Peter noch einmal zu überprüfen auf seine Versprechen hin, mit ihr ein neues Leben zu beginnen? Und würde sie dies überhaupt wollen, das alte aufgeben und noch mal ganz von vorne anfangen? Würde Peter ihr tatsächlich die Sicherheit geben können, dass er das Angedeutete auch durchziehen würde? Und welchen Grund hätte er, mit ihr zusammen sein zu wollen, immerhin war sie fast zwanzig Jahre älter als er.

Sicherlich wirkte sie wesentlich jünger, fand sich selbst aber zu dick und faltig. Als Peter damals mit Zwanzig ihrer Verführung willenlos erlegen war, die körperliche Liebe aufsaugend wie ein Verdurstender, war sie Ende dreißig und körperlich noch jugendlich gewesen.

Heute dagegen fand sie viele Outfits nicht mehr passend und haderte mit ihren Fettpölsterchen. Hatte unter diesen Umständen eine längerfristige Beziehung mit einem deutlich jüngeren Mann überhaupt Zukunft?

Auf der anderen Seite hatte Peter ihr gezeigt, dass diese von ihr bemerkten Alterserscheinungen für ihn keine Rolle zu spielen schienen. Und immerhin hatte sie die Palette der erotischen Möglichkeiten noch lange nicht ausgeschöpft. Vielleicht würde sie ja wieder mal Dessous tragen, obwohl dies in den letzten Jahren für sie eher absurd schien. Immerhin hatte Peter sehr intensiv auf ihre bestrumpften Beine reagiert. Genug Möglichkeiten blieben also in jedem Fall, um Peter, wenn notwendig, bei Laune zu halten. Aber wollte sie das wirklich und was würde in zehn Jahren sein?

Eigentlich war ihr in diesem Moment klar, dass sie das neue Leben endlich aufnehmen wollte, aber Peter dabei keine größere Rolle spielen würde. Eigentlich hatte sie ihn abgeschrieben, doch längst waren die Wogen der Zukunft ungeglättet und es schien sogar recht stürmisch zu werden.

Hatte sie nicht ihren Lebensabend mit Karl geplant, sich ausgemalt, wie friedlich, vielleicht manchmal auch langweilig, aber beständig es werden würde. Der Mann, der sie zuverlässig liebte an ihrer Seite bis ins hohe Alter. Ein sehr angenehmer Gedanke, der gleichzeitig den Verzicht auf viele Träume in ihrem Leben bedeutete.

Und Peter bot die Möglichkeit der Erfüllung ihrer Träume. Er hatte diese Gedanken aufgegriffen, all die Gedanken, die sie damals zwischen den hungrigen Sexkapaden schier atemlos herauspresste, in seine Ohren flüsterte, um dann wieder im Rausch der Begehrlichkeit zu versinken. Er hatte sich all ihre Wünsche gemerkt, fast tagebuchartig, und sie jetzt mit Zukunftsleben gefüllt. Die letzte Chance, ihr Leben umzukrempeln, neu zu gestalten, mit der Erfüllung der jahrzehntelang schlummernden Wünsche zu krönen.

Sie würde Karl nichts sagen, jetzt noch nicht, sie würde abwarten. Sie würde warten auf Peter und seine Pläne, das Versprochene umzusetzen. Und sie begann, diesem Moment entgegenzufiebern.

Als Peter wenig später in einer Mail von Geld sprach, wurde sie nicht stutzig, im Gegenteil. Sie sah endlich eine Möglichkeit, ihr schlechtes Gewissen zu beruhigen, indem sie Peter seine und ihre Träume erfüllen könnte, wenn es am Geld scheitern würde.

Anna war nicht reich, aber durchaus wohlhabend und sie verfügte über einen nicht unerheblichen Betrag an Geld und Wertsachen. Peter konnte zwar davon nichts wissen, steuerte aber zunehmend auf die Frage der Finanzierung der Zukunft hin und gab unumwunden zu, dass er für die Erfüllung all der Pläne, die er so interessant aufgefächert hatte, keinerlei Geldmittel besäße.

Wenn man die Gelegenheit jetzt nutzen wolle, dann müsse er sich auf Annas finanzielle Vorlagen beziehen können. Er würde es dann im Laufe der ersten Monate in Afrika zurückzahlen.

Dass die eingeplanten Gewinnmarschen in keinem Verhältnis zu den möglichen Einnahmen eines humanitären Einsatzes, wie es Peter formulierte, standen, fiel Anna nicht auf. Zu tief war sie schon verstrickt in seinem Netz von Abhängigkeiten, etwas, was sie nie gewollt hatte, aber partout auch nicht wahrhaben wollte.

Und sie würde endlich Karl reinen Wein einschenken müssen. Denn wenn sie ihn verlassen würde, müsste sie zumindest mit ihm reden müssen.

12. Trennung

Und Karl erfuhr die komplette Geschichte, vom ersten Kontakt an bis zum letzten Beischlaf. Dass er weinte, war zu erwarten, dass er Anna aber keine Steine in den Weg legen wollte, sich völlig ohne Gegenwehr in sein Schicksal begab, stimmte sie etwas traurig.

„Willst du nicht kämpfen um mich", sie schrie es ihm geradezu entgegen, „willst du es nicht wenigstens versuchen wie damals, als du letztendlich gewonnen hast?" Und obwohl sie hoffte, keine Auseinandersetzung oder gar ein hysterisches Aufbäumen von Karl zu erleben, so wartete sie doch auf seine Gegenwehr, den Beginn seines Kampfes um sie und ihr Bleiben.

Sie hätte in diesem Moment auch nicht sagen können, ob sie wirklich geblieben wäre. Schon einmal hatte sie sich ihren unkontrollierten Gefühlen entgegengestellt. Aber ob sie dies wieder könne, sie wusste es nicht. Aber sie hoffte irgendwie darauf, dass er sich wenigstens gegen das, was hier passierte, wehren würde.

Vielleicht hätte sie sogar eine Ohrfeige akzeptiert, so, wie sie es damals hingenommen hätte, als seine Stimme überkippte. Zumindest hätte sie in diesem Moment, und sicher nur in diesem Moment, eine solche Reaktion verstanden. Aber nichts geschah.

Kein Schreien, kein Schimpfen, keine Vorwürfe.

Karl stand vor ihr, zeigte keine Kraft mehr für die Abwehr des Gegners und den Kampf um sie, fiel in sich zusammen. Karl gab auf, ohne gekämpft zu haben. Und Karl hatte verloren.

Er hatte immer damit gerechnet, dass Peter irgendwann auftauchen würde. Er hatte auch einbezogen, dass Anna ihn treffen würde. Aber er hatte nicht damit gerechnet, dass er in dieser Form noch einmal mit einer solchen Situation, wie er sie damals erlebt hatte, konfrontiert werden würde. Und Anna entschied für sich und ihr Leben und in diesem Moment schien sie sich selbst als wichtigsten Bestandteil in ihrem Entschluss zu sehen.

Freunde aus Deutschland standen Kopf, als sie von Annas Entschluss erfuhren, dass sie Karl verlassen würde. Bis dahin waren Karl und Anna immer das Vorzeigepaar der ewigen Einheit einer großen Liebe gewesen. Jetzt trennte sich die Lebenshoffnung der Wenigen, die noch an ewige Liebe glaubten. Ein Schock.

Und auch die Kinder konnten es nicht fassen, reagierten mit Kopfschütteln oder auch klaren Worten der Ablehnung. Dabei betonte Anna immer wieder, dass sie Karl noch liebte, es ihr leid tue, sie aber nicht anders könne. Für die meisten Außenstehenden einfach unbegreiflich.

Und dass Karl auch noch eine Lanze brach für Anna, verstand keiner. Wie konnte dieser Mann von unbegrenzter Liebe sprechen, wenn er von seiner Frau verlassen wurde. Ja, er nahm sogar Schuld auf sich, indem er erzählte, dass er an der Trennung mit Schuld habe, es nur vernünftig gewesen wäre, da man sich auseinandergelebt hätte.

Von Peter selbst aber war dabei nie die Rede.

Sicherlich gab es viele Gründe, die man anführen konnte, wenn eine so lang dauernde Beziehung zerbrach, aber Peter wurde als Ursache nie genannt. Annas Entscheidung blieb neutral. Ihr neuer Weg, den sie einschlagen wollte, schien abenteuerlich, zeigte aber auch viel Mut.

Und die Entscheidung, wenn sie denn in ihrer Überlegung gefallen war, beinhaltete ja auch eine mögliche Rückkehr. Nicht zum ersten Mal plante Anna einen mehrmonatigen Aufenthalt in einem anderen Land ohne Karls Begleitung. Deshalb machte sich auch eine gewisse Beruhigung breit. Sie würde bestimmt wiederkommen und sie würde nicht wegen anderer Männer gehen, so die Hoffnung des Umfeldes.

Nur Karl wusste Bescheid, vertrat zwar vehement die Entscheidungen seiner Frau, machte aber einen zunehmend „geschlagenen" Eindruck. Und wer genau beobachtete, sah den gebückten Rücken eines Mannes, der ein Leben lang aufrecht gegangen war. Karl wusste sehr wohl um die Ausweglosigkeit der Lage, wusste, dass er seine Frau verlieren würde, und wusste, dass die Erklärung, das Haus stände immer für Anna offen, letztendlich vielleicht auch keine Bedeutung mehr haben würde.

Karl hatte gelernt, allein zu leben, aber Karl hatte auch erfahren, wie angenehm die Beziehung zu einem Partner sein konnte, den man für ein ganzes Leben lieben wollte und konnte. Jetzt war das Ende gekommen und er musste es schweren Herzens akzeptieren.

Denn alle Worte erstarrten zur Unbeweglichkeit angesichts ihrer Situation der totalen Abhängigkeit vom traumbestzten neuen Leben mit einem Mann, der von außen in eine funktionierende Beziehung eingebrochen war und sich einfach nahm, was ihm nicht zustand. Und sie wusste, dass er irgendeine Macht hatte über sie, ein Zustand, unter dem sie einmal in ihrem Leben gelitten hatte und den sie nie wieder hatte zulassen wollen.

Und sie fühlte sich allein und hilflos, sehnte die Wärme eines Menschen herbei, sehnte sich nach einem Menschen, der sie in die Arme nehmen, ihr Ruhe und Geborgenheit bieten und sie geduldig in den Schlaf liebkosen würde. Sie sehnte sich nach Karl.

13. Neue Wege

Peter ließ keine Zeit verstreichen, um seine neu erworbene Frau für sich zu funktionalisieren. Zunächst hatte sie am Flughafen die Aufgabe, seine bestellten Tickets zu bezahlen, die sie nach Afrika bringen sollten. Kurzzeitige Engpässe im Finanzbereich, Scheidung und Zahlungsverpflichtungen, denen er ja auch brav nachgehen wolle. Immerhin handele es sich um die Kinder. Also doch ein eigentlich fürsorgender Ehemann. Dann die Ankunft in Afrika und große Freude über die freiwilligen Helfer.

Irgendwann merkte Anna, dass es für die Helfer am klinischen Ort keine Bezahlung gab. Das Wenige an Geld, was auftauchte, sackten die Organisatoren ein, darunter offensichtlich auch Peter. Und auf Annas Frage, wo denn dieses Geld bliebe, war seine Antwort nur rudimentär. Man brauche es für Flüge und andere Dinge, von denen sie keine Ahnung habe.

In den Nächten bemühte sich Peter natürlich, Annas Liebe zu ergattern, denn nur so, glaubte er, würde sie bei ihm bleiben, aber von Beginn an zeigten sich Schwankungen in der Motivation. Langsam ließ die Faszination nach, die Anna für ihn war, und schnell erkannte sie ihre Rolle in dem unsauberen Spiel. Und sie gewann die Kraft, Peter auf Abstand zu halten.

Peter spürte ihre zunehmende Distanz, den Rückbesitz ihrer Kontrolle. Er zeigte sich gar nicht mehr gentlemanlike, wurde aggressiv, dann sogar gewalttätig. Und für Anna brach die Traumwelt endgültig zusammen.

Noch immer fühlte sie sich Peter gegenüber nicht sicher genug, aber längst waren ihre Freuden dem zunehmenden Druck seiner Fäuste gewichen. Ein Mann, der sie mit Gewalt bedrohte, wäre für Anna sofort gnadenlos aus der Liste der überhaupt nur noch registrierten Bekannten gestrichen worden. Und nun Peter. Jetzt begann sie, ihn aus ihrem Leben zu streichen.

Karl erfuhr von alledem nichts, bekam Mails, in denen Anna ihre Umgebung und ihre Arbeitswelt kurz beschrieb, aber keine Hinweise auf Peter oder andere Verbindungen enthielt. Dass sie in irgendeinem afrikanischen Land in einer Gruppe der Ärzte – Ohne – Grenzen arbeitete, erfüllte ihn mit Stolz. Dass sie irgendwo ihre Jugendsehnsüchte befriedigen konnte, machte Karl fast glücklich. Sie hatte erreicht, was er hätte nie verhindern können. Aber über Peter fiel kein Wort.

Immerhin, so glaubte Karl, würde sie die Verweise auf Peter verschweigen, um ihn nicht zusätzlich zu verletzen. Erst als eine Mail aus einem ganz anderen Gebiet kam, einem Versorgungszentrum für Aidskranke, meldeten sich Zweifel bei Karl, ob er überhaupt etwas von Anna wisse.

Ob sie noch mit Peter zusammen sei, vielleicht wieder zurückkommen wolle? Er fand seine Versuche kindisch, lächerlich für einen Erwachsenen in seinem Alter. Er schickte die Mail ab, versuchte sie aber wieder zurückzuholen, doch es gelang ihm nicht angesichts des Unverstandes, ein Handy in all seinen Funktionen zu bedienen. Und so kam die Antwort von ihr, dass sie Peter schon lange nicht mehr in ihrer Nähe habe, aber auch nicht zurückkommen könnte. Keine weiteren Begründungen oder Kommentare. Gähnende Leere der nicht geschriebenen Worte.

Und zum ersten Mal wurde ihm mit aller Macht bewusst, wie furchtbar das Nichtsagen sein konnte. Hätte er vielleicht doch nicht aufgeben dürfen, sich wehren müssen. Hätte er, anstatt zu schweigen und zu dulden, nicht doch den Kampf um Anna zumindest versuchen müssen? Und hätte er durch dieses Aufbäumen, auch wenn er verloren hätte, nicht beweisen können, wie sehr er sie liebte?

Und er kam sich immer wieder so alleine und schwächlich vor, machte sich gar Vorwürfe, dass er in einer solch wichtigen Entscheidung nicht klar hinter Anna gestanden hatte. Er hatte sie einfach weggegeben und sich aufgegeben.

Und wieder kam eine von Annas kurzen Nachrichten über neue Einsatzorte, sie fühle sich wohl, aber wie sähe es um ihn aus?

Karl reagierte verwirrt, wollte sie sich nun nach seinem Befinden erkundigen oder nach eventuellen neuen Beziehungen fragen? Entsprechend ungenau waren seine Antworten, es gehe ihm gut, er lebe, sozial alles in Ordnung. Und ihre Reaktion darauf, sie wolle in keinem Fall seine sozialen Beziehungen stören. Eine Rückkehr käme nicht in Frage.

Hätte er ihr zu diesem Zeitpunkt mitgeteilt, dass er alleine lebte, sich verzehrte vor Sehnsucht nach ihr, sie immer noch liebte, vielleicht wäre sie zurückgekommen. Es gelang ihm aber nicht. Seine ungenauen Nachrichten und verwaschenen Formulierungen zeigten ihr ebenso wenig seine Wünsche, wie es ihr gelang, mit ihren Stereotypen vom Gutfühlen und neuen Wegen adäquat umzugehen.

Anna würde auf keinen Fall zurückkommen, weil sie glaubte, dass sie es nicht könnte, nicht dürfte.

Und die Qual der nicht gesendeten Ehrlichkeiten und der nicht ausgesprochenen Wünsche beherrschte die Kommunikation der beiden weiterhin.

Während Anna über neue Einsatzbereiche und soziale Katastrophen berichtete, informierte Karl über den Gesundheitszustand der Kinder und Enkel. Und manchmal kam er sich dabei ziemlich langweilig vor, weil er nichts Neues vermelden konnte. Anna dagegen konnte fast jedes Mal über neue Eindrücke berichten, fragte aber immer wieder nach, wie es der Familie ginge.

Und es gab Feste, die Karl alleine ausrichten musste, sogar eine Heirat des ältesten Enkels. Anna würde nicht dabei sein können, berufliche und soziale Bindungen würden sie daran hindern. Wieder eine der Erklärungen, die nicht wirklich die Wahrheit beinhalteten, sondern eher in die falsche Richtung liefen.

Letztendlich schrieb Karl ihr, dass es ihm egal wäre, ob sie eine neue Verbindung eingegangen wäre, er wünsche im Namen der gemeinsamen Kinder, dass sie einfach mal auftauchte, auch mit neuem Mann. Er hätte kein Problem damit und die Kinder auch nicht. Aber die Anlässe wären nun einmal auch für sie bedeutende Momente im Leben der Enkel. Und daran sollte sie teilhaben.

Doch Anna fand immer wieder wichtige Entschuldigungen, an einem Treffen nicht teilnehmen zu können, verwies auf die ihr inzwischen zugetragene Rolle in der afrikanischen Friedensbewegung und auf eine eventuelle Kandidatur in der UNO als Abgeordnete der afrikanischen Staaten. Deshalb sähe sie momentan keine Möglichkeit des Wiedersehens.

Irgendwann kam ein Signal von ihr, eventuell einen Termin wahrzunehmen, aber sie würde dann einen afrikanischen Häuptling mitbringen müssen. Keine weiteren Informationen. Vor allem nichts zur möglichen Beziehung. Keinerlei Problem signalisierte die Familie zurück und daraufhin die prompte Absage.

Dann neue Adresse, dieses Mal aus Syrien. Sie hätte sich in der Flüchtlingshilfe engagiert, dazu ein lächelndes Emoy. Irgendwie unpassend, wie die Kinder bemerkten. Karl machte sich Sorgen.

Wenige Wochen später nach angstbesetzter Nichtkommunikation ihre Nachricht aus Süditalien. Sie habe einen netten Menschen kennen gelernt, der ihr bei der Anlandung von Flüchtlingen aus Afrika helfen würde, sie fühle sich wohl und sei intensiv mit ihrer Arbeit verbunden. Es gehe ihr ausgezeichnet.

Auch hier ging sie nicht auf eine der vielen Einladungen ein für ein Familientreffen, obwohl Karl explizit auch den netten Süditaliener einbezog, den sie genannt hatte. Sie war nähergekommen, aber sie kam nicht.

Und sie könne nicht, nach allem, was passiert sei, sie habe ein schlechtes Gewissen, sie könne nicht kommen. Vor allem könne sie sich die Konfrontation mit ihren Kindern nicht vorstellen. Karl schien für sie dabei aber keinerlei Probleme zu machen.

Immerhin war die Einschätzung der Situation zu Hause nicht ganz falsch. Während sich die Jüngste mit ihrem Mann die Rechte der Frau auf Selbstbestimmung zum Grundsatz gemacht hatte und damit Annas Leben rundweg akzeptierte, gab es durchaus auch Zweifel in der Familie des Sohnes. Dass keiner der Betroffenen die Ursachen der Trennung richtig einordnen konnte, lag daran, dass sie über die damalige Affäre von Anna und Peter nie informiert worden waren. Aber die erneute Trennung lag nun sichtbar vor aller Augen.

Und Kinder schaffen für sich dazu nicht nur eigene, verständnisvoll liebenswerte, sondern auch streng ablehnende Standpunkte. Folglich gab es für Anna aus dieser Richtung klare Vorgaben, die Karl selbst aber nicht teilte. Dass sie nun die angebotenen Möglichkeiten des Wiedersehens strikt ablehnte, gab viel Grundstoff für Diskussionen, aber ließ letztendlich alle ratlos zurück.

Das Resultat war Stille, Karl hätte es voraussagen können. Offensichtlich hatte Anna neben ihrer Lektion, sich niemals von einem Mann abhängig zu machen, auch gelernt, sich in keinen Moment mehr zwingen zu lassen zu irgendeiner Handlung, und dies auch nicht mal von der Familie.

Und letztendlich ließ Anna inzwischen auch keinen Zweifel mehr daran, dass sie gewillt war, ihr Leben selbst zu bestimmen. Und dabei würde sie keinerlei Kompromisse mehr eingehen, vor allem, was die Partner betraf.

14. Rückkehrversuch

Anna würde vorbeikommen.

Karl las die Mail zum wiederholten Mal, konnte seine Freude kaum verbergen. Immer wieder schaute er auf die Uhr, dann auf sein Handy, dann wieder auf die Uhr. Die Zeit verstrich im Schneckentempo. Einer der Tage, die kein Ende nehmen wollten. Schon setzte die Dämmerung ein und Karl hielt sich in der Nähe der Türe auf, um auf keinen Fall ihr Läuten zu überhören und um gleich öffnen zu können.

Und dann die Mail, bin unterwegs aufgehalten worden, wird wohl nichts heute. Weiß nicht, wann es vielleicht mal klappt.

Eine Absage. Eine Absage ohne die Nennung von Gründen. Eine Absage per Mail, die man macht, wenn einem unangenehm ist, dass man nach einem erneuten Termin gefragt werden könnte. Eine banale Absage an ein Gefühl, dass sich längst in Karl selbständig gemacht hatte. Ein Gefühl, dass ihm den Verstand geraubt hatte, die Begegnung wirklich als unverbindlich zu sehen.

Er selbst war auf den Verlust seines Verstandes hereingefallen. Natürlich nur kurzfristig. Immerhin aber lang genug, um die vorbereitete Fischplatte aus dem Fenster zu werfen und die Teller und Gläser gleich hinterher.

Und erst, nachdem er die Zerstörung realisierte, fand er zurück zu sich. Zumindest würde er jetzt den Wein aufmachen, den er eingeplant hatte, und sich tröstend betrinken.

Als er den Wein in seinem Magen spürte, stieg kurzzeitig Übelkeit auf, die ihm signalisierte, dass er heute außer trockenen Brötchen zum Frühstück vor Aufregung noch nichts gegessen hatte.

„Nicht einmal ordentlich betrinken werde ich mich können", fluchte er und begann im Zimmer ziellos auf und ab zu gehen.

Dann nahm er einen weiteren Schluck, der ihm schon besser bekam und seinen Magen etwas beruhigte.

Als die Klingel ertönte, erschrak Karl zunächst, schon recht angetrunken, hoffte aber dann auf einen Spontanbesuch eines seiner Freunde, dem er jetzt ausführlich sein Leid hätte klagen können. Er hätte das Treffen seines Lebens vor sich gehabt und wäre von der Frau seines Lebens versetzt worden, würde er dem Freund sagen, sich ausweinen vor Selbstmitleid und dabei noch den einen oder anderen Krug Wein leeren.

Und dann stand sie vor der Türe, Anna im Kleid, wahnsinnig erotisch wie immer, deutlich schmäler geworden, aber mit glänzenden lachenden Augen, die ihn ein halbes Leben fasziniert hatten. Karl stand wie angewurzelt, wie blöd, glotzte wohl auch so und realisierte in diesem Moment, dass all seien Planung für ein Wiedersehen daneben gelaufen waren. Jetzt stand sie vor ihm und er brachte nicht einmal ein „Hallo" über die Lippen.

„Darf ich reinkommen?", war es eher spöttisch oder ehrlich, er konnte es nicht unterscheiden.

„Aber sicher doch, komm rein in die gute Stube", und der Spruch von der guten Stube war der Höllenabsturz jeder Kommunikation. Er wusste es in diesem Moment und hätte sich am liebsten die Zunge abgebissen. Deutlich bürgerlicher und klischeehafter hätte er sich nicht äußern können.

Doch sie lächelte, trat tatsächlich ein und bewegte sich auf die Couch im Wohnzimmer zu. Ob er etwas zu trinken hätte, man müsste sich ja ein wenig lockern. Verdammt, auch das hatte sie ihm voraus, das Gespräch zunächst zu entspannen. Eigentlich hätte er den Vorschlag machen wollen, etwas zu trinken. Aber schließlich hatte er schon ein halbes Fläschchen geleert zur Entspannung. Die Überraschung war ihr gelungen, das musste er zugeben. Und nun saßen sie sich gegenüber.

Sie hatte ein paar Falten im Gesicht zugelassen. Ihre Haare trug sie mittellang, eine Länge, die ihm immer sehr gefallen hatte. Ihr großer Busen war deutlich zu erkennen unter der Bluse mit Tiermotiven. Und sie hatte einen Rock an, er liebte Röcke an ihr. Warum im Rock, fragte er sich, warum nicht in bequemer Hose. Seine Gedanken überstürzten sich und der Alkohol sorgte für zusätzliche Verwirrung.

Karl saß Anna gegenüber, sah ihre Schönheit, ihre klaren Augen, ihr ehrliches Lächeln, und Karl vergaß alles, was er sich zurechtgelegt hatte, um es ihr zu sagen.

Und Anna saß ihm gegenüber, hatte keck die Beine angezogen, lächelte ihn an und genoss den Wein des Gardasees, als ob sie nie weg gewesen wäre.

Sie fühle sich wohl, sagte sie, denn hier sei eines ihrer Zuhause. Das hätte Karl weh tun können, wenn er die Bedeutung ihrer Worte richtig verstanden hätte. Aber er starrte nur fasziniert auf Anna. Dann nahm er erneut einen tiefen Schluck. Anna saß vor ihm, lächelte und wartete offensichtlich auf seine Worte. Immer noch eine sehr schöne Person, wie er feststellen musste, und immer noch eine erotisch sehr interessante Frau.

Dann begann sie zu erzählen. Zumindest ersparte sie ihm damit den fast peinlichen Moment seines Schweigens. Und Anna strotzte vor Weltwissen, hatte scheinbar die Erdkugel einmal umrundet und wusste so viele Geschichten zu erzählen und Dinge zu beschreiben.

Karl tauchte ab in ihren Bann und hörte jedes Wort von ihr, als ob sie es sänge. Manchmal wagte er nachzufragen, fast mit der Angst des Schulbuben, der einen Moment nicht aufgepasst hatte und nun drohte, den Anschluss zu verpassen. Und so führte Anna ihn in eine bunte Vielfalt von verschiedenen Welten, die er mit ihrer Hilfe begeistert besuchen durfte.

Irgendwann röteten sich Annas Wangen vom Wein und die Frage nach der Unterbringung drängte sich auf. Sie habe kein Hotelzimmer mieten können, würde sich mit dem Sofa begnügen, wenn er es wolle. Sie lächelte verschmitzt dabei, als ob sie sich zu ihm einladen wollte.

Karl war verwirrt. Er hätte alles gegeben, um sie diese Nacht neben sich zu haben. Aber er traute sich nicht, ihr zu sagen, wie er sich freuen würde, ihr Atmen im Schlaf hören zu dürfen.

Und Anna kokettierte weiter, bot ihm ein gemeinsames Nachtlager, natürlich ohne Annäherung, grinste ihn aber dabei an, als ob sie es gerade darauf anlegen würde. „Du bist in einer solchen Situation ja nicht unerfahren", sie lächelte dabei ironisch, sodass ihre Bemerkung ihn nicht verletzen konnte.

Karl entschied sich, sein Bett im Wohnzimmer zu richten und ihr das Schlafzimmer zu überlassen. Sein Bett, damals als sie ging, gegen einen Futon ausgetauscht, wäre noch jungfräulich. Zumindest hätte darin noch nie eine Frau geschlafen, teilte er mit.

Sie nahm das Angebot gerne an, es wäre eh zu schmal für beide zusammen. Dann richtete sie sich für die Nacht und er hörte das allzu vertraute ellenlange Zähneputzen, das ihn so sehr an frühere Zeiten erinnerte.

Als sie sich ins Schlafzimmer begab, ließ sie die Tür ein wenig offen, sodass er ihren Atem und dann ihr Einschlafen hörte. Karl trank jetzt vom „Klaren", wusste, dass er nicht einschlafen konnte, ehe er nicht müde genug vom Alkohol war.

Das war es also, was er seiner großen Liebe gezeigt hatte. Anstatt der begehrenswerte Entertainer zu sein, der ein bisschen über allem stand, hatte er sich als trinkender Schweiger gezeigt. Zudem hatte er alle Möglichkeiten der Annäherung verpasst und diese sogar geschreddert. Zumindest zeigte sich für ihn der Abend mit zunehmendem Alkohol so, als ob sie Avancen gemacht hätte, die er aber unsensibel und betrunken vergeben hatte.

Und er fühlte sich tumb und elend, als er sich auf das Sofa legte und in einen unruhigen Schlaf fiel, der ihm Traumsequenzen in rasender Abfolge brachte und ihn am nächsten Morgen gerädert aufwachen ließ.

Der frische Kaffeeduft fiel auf. Er kam aus der Küche, in der es klapperte, als ob jemand mit Geschirr und Besteck hantierte. Karl rollte sich vorsichtig vom Sofa, testete erst seine Standfestigkeit und fand sich dann stabil genug, die Ursache der Unruhe in der Küche zu erkunden.

Dort fand er den gedeckten Tisch für ein üppiges Frühstück vor und Anna, die ihn in einem dieser aufregenden Nachthemden von früher überschwänglich begrüßte. „Ich habe die Aufbackbrötchen gefunden, die Kaffeemaschine kenne ich ja. Sie dröhnt immer noch so laut wie früher, wenn sie den Kaffee malt. Und dann hast du ja immer noch von dem Tee, den ich morgens so gerne getrunken habe." Karl fiel ohne Halt in die tiefen Seen ihrer graugrünen Augen, die, wenn das Licht wanderte, ihre Farbe veränderten. „Ich hoffe", gluckste sie", dass der Tee nicht noch von damals stammt. Zumindest riecht er frisch." Auch dies, so fand Karl, war etwas Eignes von Anna, was er im Laufe ihres Zusammenlebens liebgewonnen hatte. Sie überzeugte sich lieber selbst von den Dingen, bevor sie blind vertraute.

Das Frühstück verlief recht locker, sie erzählte von aufregenden und unvorhergesehenen Erlebnissen. Endlich gelang ihm einigermaßen, zu seiner Fassung zurückzukehren, und er konterte mit Interessantem und Witzigen aus der Region. Und der Raum füllte sich mit einer Vertrautheit, als ob beide sich nie getrennt hätten.

Dann verwies sie darauf, dass sie bald gehen müsse.

Karl begann Ausverkauf mit Worten, redete Unsinn, wie er glaubte, sprach Verbindungsfetzen von Inhalten, verstieg sich schließlich in Wortsackgassen und schwieg schließlich. Sie lächelte, stand auf, strich ihm liebevoll über den Kopf.

„Ich muss gehen", flüsterte sie, „aber ich komme gern mal wieder, du bist nach wie vor ein ganz wundervoller und anständiger Mensch." „Und du bist ein Gentleman, ich war nämlich gestern Abend ziemlich angetrunken."

Dann verschwand sie ins Bad. Karl fuhr Achterbahn zwischen dem stolzen Gefühl der Ehre und der vernichtenden Erkenntnis der Idiotie, alle Chancen versäumt zu haben. Aber er hatte sich als Ehrenmann erwiesen. Welch ein Depp musste man sein, um dies auch noch gut zu finden. Er hatte in dieser Nacht die Chance seines weiteren Lebens verpasst, so kam es ihm zumindest vor.

Anna stand umwerfend schön vor ihm, reichte nicht ihre Hand, sondern umarmte ihn. Und einen Moment ließ sie ihn nicht mehr los, als ob sie sich an den Erinnerungen festhalten wollte. So standen sie wie ein uraltes Liebespaar. „Es muss eine sehr glückliche Frau sein, die deine Liebe gewonnen hat oder vielleicht wiedergewinnen kann", flüsterte sie in sein Ohr.

Und endlich kamen Karl die Tränen, die er so lange zurückgehalten hatte. Und sie flossen in unstillbaren Bächen hinter ihrem Rücken. Er schaute ihr nach, wie sie das Haus verließ, in das Taxi einstieg und dann über dem Horizont verschwand. Und er stand und schaute in die Ferne.

„Anna!"

Er rief ihren Namen gegen den Horizonz, als ob er sie damit zurückholen könnte.

Er wusste in diesem Moment nicht, ob er sie je wiedersehen würde. Aber vielleicht hatte er in der letzten Nacht seine große Chance gar nicht verpasst, sondern erst eröffnet, schoss es ihm plötzlich durch den Kopf. Vielleicht hatte er ihr mit seiner Liebe gezeigt, dass sie sich nie in ihm getäuscht hatte. Vielleicht hatte gerade dies die Chance eröffnet, dass sie einmal wieder vor seiner Türe stände und dann vielleicht bliebe. Und aus seinen Tränen wurde ein Lächeln.

15. Abwege

Irgendwann war im Solodasein von Karl Lydia aufgetaucht, vielleicht ein wenig zu jung für Karl, aber sehr interessiert an ihm. Er hatte sie auf einer Fete kennengelernt und relativ schnell bemerkt, dass sie öfter als notwendig nach ihm Ausschau hielt. An diesem Abend saßen sie noch lange zusammen, sprachen über Welt und Schicksal, tranken und lachten befreit und gingen dann nach Hause.

Lydia hatte erzählt, dass sie verheiratet wäre, noch, wie sie sagte, aber dieses berühmte „Noch" kannte Karl sehr gut. Letztendlich hatte er den Abend als sehr angenehm genossen, zumal er spürte, dass er nicht allein für all das verantwortlich war, was in seinem Leben nicht so lief, wie er es sich gewünscht hatte. Denn immerhin fand ihn hier eine weibliche Person wohl mehr als interessant.

Lydia hatte sich ihm im Laufe des Abends immer mehr genähert und deutlich hörbar erregt geatmet, als er ihr seinen Arm um die Schulter legte. Den von ihr wohl erwarteten Kuss hatte Karl zwar verweigert, aber er spürte ihre Lust. Keine Vorbereitung hier und dort, keine Korrekturwünsche, keine unwirsche Kritik, einfach nur Lust auf ihn und wohl bereit für viel mehr als nur einen Kuss. Den hatte es dann beim Verlassen der Feier gegeben, als er sie nach

Hause begleiten wollte. Aber auch hier zeigte Karl klare Zurückhaltung und bremste Lydia beim seiner Meinung nach allzu stürmischen Versuch, sich eng an ihn zu schmiegen.

Denn, obwohl er deutlich spürte, dass sie gerne mit zu ihm gekommen wäre, brachte er sie brav nach Hause. Vor der Haustüre küsste sie ihn dann, griff nach seinem Geschlecht, begann zu stöhnen, forderte seine Bereitschaft.

Karl aber verweigerte sich, riss sich los, stammelte das „Nicht hier" und verließ fast fluchtartig den Ort. Immerhin hätte auch ihr Mann aufwachen und sie entdecken können. Tatsächlich aber fürchtete sich Karl davor, nach stürmischer Erektion am Anfang letztendlich doch zu versagen. Zu lange hatte er keine derartigen Erfahrungen mehr gemacht außer denen mit Anna.

Auf der anderen Seite aber ärgerte sich Karl über seine Verweigerung und die verpasste Gelegenheit. Und wenn alles schief gelaufen wäre, es wäre nie an die Öffentlichkeit gekommen, dafür hätte Lydia mit Sicherheit gesorgt. Und er konnte sich erst nach einigen Gläschen Rotwein beruhigen und zum Schlafen niederlegen.

Am nächsten Morgen fühlte sich Karl sogar ein wenig glücklich ohne die Last, einem Ehebruch Vorschub geleistet zu haben. Aber die verpasste Gelegenheit verfolgte ihn in seinen erotischen Gedanken.

Und wenn er nachts alleine im Bett lag und nicht schlafen konnte, weil ihn die Lust quälte, bis er selbst Hand anlegte, dann erinnerte er sich gern der Momente mit Lydia.

Überhaupt erlebte Karl seine Umgebung alles andere als ablehnend. Vor allem der weibliche Teil der Bevölkerung sah seit Annas Weggang in ihm nicht nur den Menschen, dem man alles erzählen konnte, und man erzählte Intimitäten bis ins „Innerste". Er war zunehmend auch Ziel erotischer und sexueller Begierden, nicht nur der verwaisten, sondern auch der unzufriedenen Frauen.

Eigenes großes Haus in wunderbarer Lage am Gardasee und nicht zu unterschätzende Einkünfte, dazu seine Belesenheit, sein Humor und sein gewinnendes Auftreten weckten Begehrlichkeiten bei den Frauen allen Alters, was ihm natürlich auch Feinde im Männerbereich einbrachte. Aber Karl blieb zurückhaltend, leistete sich keine Affären, die Furore machen konnten, und blieb gern gesehener Gast auf vielen Events des Ortes.

Irgendwann bei einem Besuch einer Bar traf er Lydia wieder. Lydia trug einen aufregend kurzen Rock und darunter halterlose Strümpfe, wie sein fachmännischer Blick sofort erkannte. Dabei fiel es ihr durchaus schwer, die Ränder der Strümpfe nicht sehen zu lassen, wenn sie sich setzte. Aber Karl sah es und Lydia wusste es. Und sie merkte sofort, dass er darauf stand. An diesem Abend fiel es ihr nicht schwer, Karl zu bewegen, sie mit zu sich nach Hause zu nehmen, zumal sie ihm schwor, dass es zwischen ihrem Mann und ihr aus sei.

Karl spürte von Anfang an die Kraft seiner Lenden und genoss ihre Begierde und Bereitschaft, alles zu tun, was er mochte. Und es gab keine Probleme, er machte nichts falsch, fasste nicht irgendwo zu viel oder zu früh an, Lydia war einfach scharf auf ihn. Und sie ließ nicht locker, als er zum ersten Mal gekommen war.

Bald erblühte er wieder in ihrem Mund zu alter Stärke und konnte nun deutlich länger aushalten. Irgendwann beendete dann die Kapitulation des Kreislaufs von beiden den grenzenlosen Sex auf dem Sofa und sie sanken in tiefen Schlaf. Am sehr frühen Morgen erwachte Karl durch das wachsende Glied in ihrem Mund, der ihn zu erneuten Freuden brachte.

Dann musste sie gehen, schnell, ohne Worte. Als die Tür ins Schloss fiel, legte sich Karl völlig zufrieden in sein Bett. Lange hatte er diese bedingungslose Lust nicht mehr erlebt. Kein Vorspiel in vorgegebenen Bahnen, keine Korrektur seiner Berührungen, keine Enttäuschung über das, was er machte, wollte oder nicht machte. Einfach nur Lust.

Aber es war nicht wie mit Anna.

Sicherlich hatte er Lust mit Anna empfunden, Sex und Wunscherfüllung in allen Formen erlebt, aber es war mehr, viel mehr gewesen. Innigkeit, Nähe, Liebe, absolutes Vertrauen. Und totale Erfüllung.

Während er jetzt überlegte, ob er Lydia überhaupt wiedersehen wollte, war dies bei Anna nie vorgekommen. Sie war da, bei ihm, in ihm, so wie er in ihr, und es war ein gemeinsames Glücksgefühl, dass nicht durch alle Sexpraktiken, noch Lustmomente ersetzt werden konnte.

Und er sehnte sich nach Anna.

Aber Lydia kam immer mal wieder, obwohl sie sich nicht von ihrem Mann getrennt hatte. Und der Sex tat gut, bewies Männlichkeit und Macht, entließ Karl aus der Position des Leidenden. Der Sex mit Lydia war fast therapeutisch, dachte er manchmal. Und Lydia erfüllte ihm jeden Wunsch, egal ob es sich um Dessous oder besondere Praktiken handelte, Lydia fand alles gut, was er sich vorstellte.

Als Anna nach ihrer Rückkehr für eine Nacht wieder gegangen war, stand Lydia am folgenden Abend vor der Tür, hatte sich herausgeputzt mit allen Raffinessen und forderte Einlass. Sie hatte wohl den Besuch einer Frau bei Karl mitbekommen und war nun neugierig darauf zu erfahren, wer diese Person war und was geschehen war. Außerdem schien sie eifersüchtig auf das, was sie gar nicht wissen konnte, sich aber ausmalte.

Karl öffnete nicht und ließ sich mit Unpässlichkeiten entschuldigen. Er hatte längst den besonderen Cognac gelehrt, den er für diesen Anlass bereitgestellt hatte und war für Sexspiele viel zu betrunken. Aber er wollte auch diese Art des Trostes jetzt nicht und verweigerte sich. Einer der wenigen Siege über seine körperlichen Bedürfnisse ohne Notwendigkeiten. Schließlich gab Lydia auf und trottete von dannen.

Doch er konnte dies nicht so unbelastet empfinden, wie er es vielleicht gebraucht hätte, und ein bisschen tat ihm Lydia auch leid. Es war der grundlose Verzicht auf körperliche Erfüllung auch für sie. Er hatte sie so oft für sich begeistert und ließ sie jetzt einfach zurück. So lag er allein in seinem Bett und spürte schmerzlich den Unterschied zwischen der Bedürfnisbefriedigung und der Liebe. Und er spürte den fast menschenverachtenden Egoismus in seinem männlichen Denken.

Schade für Lydia, die vielleicht mehr erwartet hatte von der Beziehung, als er ihr jemals hatte geben wollen. Immerhin, so tröstete er sich, hatte sie ja noch ihren Mann, den sie im Übrigen immer noch nicht verlassen hatte und wohl auch nie verlassen würde. Letztendlich würde man sich trennen, wenn man vernünftig geworden war und seine Richtung, die man einschlagen wollte, erkannt hatte. Und wahrscheinlich würde dies bei Lydia nie so weit kommen.

Für Karl war die Richtung klar. Nach wie vor liebte er Anna und nach wie vor würde es keine andere Frau geben, der er seine „Tür" öffnen würde. Dann wollte er lieber allein bleiben. Und für die körperlichen Bedürfnisse gab es Möglichkeiten zu Hauf.

Inwieweit Anna sich mit Männern zusammengetan hatte, wusste Karl nicht, wollte es auch nicht wissen. Seine Informationen basierten nur auf Gerüchten, die irgendwann irgendwer vorbeitrug, nicht vergessend darauf hinzuweisen, dass er dies gehört hätte. Aber jeder Hinweis zehrte, auch wenn er noch so weit hergeholt schien oder sogar deutlich gelogen war. Deshalb war es oftmals auch leichter für ihn, wenn er gar nichts von Anna hörte, obwohl ihn dies wiederumbelastete.

Und die Kinder reagierten unterschiedlich. Zum einen wurde die mögliche Rückkehr der Mutter abgelehnt. Sie wäre nie aufgetaucht, wenn es mal wichtig gewesen wäre, sie hätte den Vater verlassen, sie hätte kein Recht mehr auf die Familie. Zum anderen verwies man auf das Entscheidungsrecht des Vaters. Seine Entscheidung sei dann auch bindend für die Geschwister. Und immerhin war Anna ja nie Unmensch gewesen und in den Mitteilungen von Karl immer als die von ihm geliebte Frau dargestellt worden.

Ein Urteil könne man sich jetzt, was das Leben des Vaters anging, nicht so leicht erlauben. Deshalb könne trotzdem jeder mit der Mutter umgehen, wie es ihm korrekt erscheinen würde. Letztendlich müsse aber der Vater entscheiden.

Dabei war Anna gar nicht da, die Frage also auch gar nicht aufgetaucht, ob sie nun zurückkäme und bei Karl bleiben würde. Immerhin hatte die Familie darüber geredet und auf einem der Familienfeste, nachdem alle erfahren hatten, dass Anna vorbeigekommen war, entschieden, dass sie ihr Zurückkommen akzeptieren würden.

Und Karl hoffte auf einen erneuten Besuch von Anna. Lydia verschaffte ihm weiterhin die Luft, bis dahin genug Sauerstoff zu atmen, um überleben zu können. Und nachdem sie sich einige Wochen nach der Abweisung durch Karl beleidigt zurückgezogen hatte, versäumte sie keine Möglichkeit, sich ihm wieder zu nähern. Solange Lydia die Beziehung zu Karl auf diesem Niveau hielt, gab es auch keine Probleme für beide. Aber irgendwann wollte sie mehr, erzählte von geplanten Reisen ihres Ehegatten und Nächten, die sie dann komplett mit Karl verbringen könnte.

Karl hatte Lydia schon oft im Haus geliebt, aber er hatte sie nie in sein Schlafzimmer gelassen. Und er hatte nie eine komplette Nacht mit ihr verbracht. Irgendwie behielt er diese Distanz, auch unter dem Aspekt, dass Lydia sich nicht zu sehr auf ihn fixieren dürfte. Irgendwann würde ihr Mann sie vielleicht doch verlassen und dann stände sie unter Umständen vor der Türe. Dieser Möglichkeit wollte Karl auf keinen Fall Vorschub leisten.

„Hast du dir eigentlich mal klar gemacht, dass du die Frauen um den Finger wickelst mit deinem

Worten, deinem belesenen Wissen, deiner Frauenversteherei? Und hast du dir mal klar gemacht, dass sie sich vielleicht in dich verlieben und du dies ausnutzt und mit ihnen schläfst? Und dann lässt du sie im Regen stehen!", es war fast eine Schimpftirade, die da über ihn hinwegbrauste. Aber Lydia hatte nicht ganz unrecht. Und Karl wusste genau, dass er nicht nur große Wirkung auf die Damenwelt in seiner Umgebung hatte, sondern dies auch hin und wieder ausnutzte.

Aber anstatt die Reisleine zu ziehen, zog er für die angedeuteten ehemannfreien Nächte mit Lydia den Besuch bei ihr vor. Es kam hinzu, dass er gehen konnte, wenn er wollte. Und in letzter Zeit häufte sich der Wunsch bei ihm, sie sofort nach dem Beischlaf zu verlassen.

Und auch wenn Lydia um eine komplette Nacht bettelte, verweigerte er dies strikt. Allerdings fand er sich dabei zunehmend als „Arschloch" und manchmal hoffte er sogar, von Lydias Mann erwischt zu werden.

Letztendlich gab er die Beziehung auf, nachdem Lydia reumütig zu ihrem Ehemann zurückgekehrt war, der nun in der Firma einen leitenden Posten innehatte und erheblich mehr Geld verdiente als vorher. Und sie war es auch zufrieden, dass er ihrer Einladung nicht Folge leistete, als sie mit dem nagelneuen Cabrio ihres Mannes vor der Türe stand und ihn zu einer Spritztour aufforderte, wobei sie fast unverschämt grinste. Irgendwann führ sie hupend vorbei, winkte aufgeregt und war sorgfältig darauf bedacht, dass Karl ihren Begleiter im Auto registrierte. Dass es der Sohn des Chefs ihres Mannes war, hatte sicherlich dabei keine besondere Bedeutung.

Von da an fand Karl ab und zu den Weg zum nahegelegenen Freudenhaus, wenn ihm die Lust gar zu sehr zu schaffen machte.

Es handelte sich dabei um ein Etablissement, das am Rande des Nachbarortes als Treffpunkt, vorwiegend für Männer, im Stil der englischen Clubs eingerichtet war. Man traf sich dort ungezwungen zum Bier oder Wein, diskutierte die Politik ausgiebig und ließ sich aus über die neuesten Nachrichten und Zeitungskommentare.

Es war durchaus also möglich, hier eine Zeitung zu lesen, Freunde zu treffen oder sogar einen Snack einzunehmen. Daneben mischten sich aber immer wieder attraktive und erotisch gekleidete Frauen unter die Besucher, die über der großzügigen Gaststube einzelne Zimmer gemietet hatten, um Liebesdienste anzubieten. Somit war der Charakter der Unverbindlichkeit des Besuchs hergestellt, eine Möglichkeit, einer der Damen nach oben zu folgen, aber jederzeit gegeben.

Offiziell hatte das, was dann im Obergeschoss passierte, überhaupt nichts mit der Gaststätte darunter zu tun. Und damit war für die Ehefrauen der männlichen Besucher möglich, abendlichen Treffen zuzustimmen, ohne den Verdacht, dass die Männer einen Puff besuchen würden.

Eine geniale Lösung, die ihre Vorbilder schon im 19. Jahrhundert im Deutschen Reich hatte.

Und Karl lernte dort einige wichtige Leute aus dem kleinen Ort kennen. Zunächst drehten sie sich erschrocken um, als ob man sie dann nicht erkennen könnte. Aber angesichts der Offensichtlichkeit entschieden sich die meisten der Freier für einen offenen Wortaustausch.

„Was, sie auch hier", und „naja, kann man verstehen, so als Single."

Und dann die oft hinterher geschobene Erklärung mit leicht gehobenen Schultern, dass zu Hause auch nicht mehr alles glänzte, was mal Gold war. Und ein vermeintlich übereinstimmendes, oft etwas zu provokantes Lachen besiegelte dann die gerade erst begonnene inoffizielle Männerfreundschaft.

Immerhin wusste einer jetzt etwas vom anderen. Aber keiner redete darüber. Karl wurde nur eben mal im Ort von verschiedenen Leuten gegrüßt, die sonst vorgegeben hatten, ihn nicht zu kennen oder kennen zu wollen.

Und Karl war nicht mehr nur der Deutsche, der in die Idylle der italienischen Lebensweise eingedrungen war, er war jetzt zunehmend ein wenn auch nicht unbedingt geliebter Teil einflussreicher Familien des Dorfes am Gardasee geworden.

Hin und wieder wurde er sogar zu Festen eingeladen, wenn mal eine italienische Freundin ohne Partner auftauchte oder gar Gäste aus Deutschland anwesend waren. Die vielsagenden Blicke der Männer untereinander schwuren jedes Mal wieder Stillschweigen über die gemeinsamen Freuden außerhalb des eigenen Hauses ohne die so geliebten Gattinnen.

Und Karl war sich nie sicher, ob die anwesenden Frauen nicht alle Bescheid wussten und nur ihren Männern das Gefühl der Unwissenheit gaben, um ihnen den Spaß nicht zu verderben und sich damit von unliebsamen Forderungen im Bett zu befreien.

Immerhin kamen die höher gestellten Paare alle nach außen hin sehr gut miteinander aus und die Wahrheiten blieben hinter den verschlossenen Wohnungstüren.

16 . Lebensstil

Da Karl ein geselliger Mensch war, der auch zuhören konnte, ja fast zum Reden ermunterte, blieb es nicht aus, dass er im Etablissement vieles über die Eigenarten der Besucher und ihre Vorlieben erfuhr.

Hinzu kam, dass er sich dort Bella als feste „Freundin" ausgewählt hatte. Ihr gegenüber war er sehr großzügig und bezahlte gerne für längere Zeiten, auch wenn dann nur geredet wurde.

Und Bella schien glücklich, einen Freier zu haben, der sie mochte und dessen Vorlieben sie kannte. Ihm konnte sie ihr Herz öffnen, ohne Gefahr zu laufen, dass er wie ein eifersüchtiger Ehemann allen Hinweisen nachgehen oder gar Forderungen an sie stellen würde.

Er kam, blieb, solange sie wollte, hörte ihr geduldig zu, und ging dann wieder. Und zwei Wochen später kam er wieder und brachte ihr manchmal eine Rose mit.

Er habe sich auf sie gefreut, sei sogar ein wenig aufgeregt, so seine Begrüßung und sie liebte diese Expositionen. Und sie hatte Karl gern, was sie ihm auch zeigte.

„Deshalb komme ich immer wieder zu dir", hatte er einmal gesagt, „eben weil du mir das Gefühl gibst, dass ich nicht einfach nur ein Kunde bin, sondern ein bisschen mehr."

Und Bella ließ ihren üppigen Rundungen freien Lauf und bemühte sich immer wieder, ihm das wenige an Gefühl, was dieser Beruf für sie zuließ, zu geben. So entstand eine Freundschaft zwischen Bella und Karl. Und Karl konnte auch irgendwann von Anna erzählen.

Er hatte lange nichts mehr von ihr gehört, von dieser großen Liebe, die verschwunden war, um vielleicht nie wieder auf zu tauchen. Und er hatte sich sein Leben eingerichtet, konnte sich freuen, konnte feiern, war weder Alkoholiker noch Drogenkonsument geworden, war auch kein Patient der Psychiatrie.

Seine Kinder, die einmal im Jahr zu Ostern gemeinsam für mehrere Tage vorbeikamen, registrierten das normale Leben ihres Vaters mit Freude und Stolz. Sie mussten sich also keine Sorgen machen. Und sie wussten auch nicht, wer die Frau an seiner Seite war, die irgendwann zum ersten Mal zum Osterfest die Runde der Anwesenden erweiterte.

Nur so viel war bekannt, sie war keine neue Liebe, das hatte Karl eindeutig klargestellt, nur eine Freundin.

Es war Bella, rundlich üppig, liebenswert und gebildet. Und hätte man nicht sträflich die Contenance verletzt, man hätte aus Neugier doch mal nachgefragt, welche Rolle diese Frau vielleicht im kommenden Leben des Vaters würde spielen können.

Auf die Nachfrage nach Anna blieb Karl der Lüge treu, er hätte ständig Kontakt mit ihr und es ginge ihr gut. Sie wäre in diverse Hilfsprogramme eingebunden und hätte keine Zeit, gerade an Ostern. Man müsste das verstehen.

Aber die Kinder spürten, dass er immer wieder um Verständnis warb für Anna. Und sie wussten, dass eine Rückkehr mit der Zeit nicht einfacher für Anna werden würde. So konzentrierte sich das Interesse auf Bella, die es ausgiebig genoss, eine Familie um sich herum zu wissen. Eine Familie, die sie nie gehabt und eine Bedeutung als Frau, die sie so kaum in ihrem Leben erfahren hatte.

Die Kinder und ihre Partner hatten ansonsten keinerlei Hemmungen, Bella voll und ganz in die Familie aufzunehmen, zumal sie nicht viel älter war als die Jüngste. Und da Bella kaum eine Antwort schuldig blieb, empfanden alle ihre Anwesenheit sogar sehr angenehm und den Abend bereichernd. Hinzu kam, dass die Kinder bemerkten, dass Bella ihren Vater verehrte, wenn sie ihn nicht gar ein bisschen liebte. Und mit Genugtuung sahen sie auch, dass Karl sich glücklich fühlte.

Irgendwann entschied sich Karl, Bellas Anwesenheit nicht nur der Familie vorzuhalten, sondern ihren Daseinskreis zu erweitern. Schließlich war sie zu einer häufigeren Begleiterin geworden. Dass er dabei auch die Hautevolee des Ortes kompromittierte, war ihm nicht nur egal, sondern kam ihm eher sogar gelegen. Denn zu oft war ihm die Verlogenheit der sogenannten guten Gesellschaft recht negativ aufgefallen, die sich gern herablassend über die Frauen des erotischen Geschäfts äußerten, aber dann gerne Gebrauch von ihren Diensten machten.

Er brachte Bella mit auf ein Fest des Bürgermeisters. Er hatte alles im Vorfeld mit ihr besprochen, sie sollte sich nichts gefallen lassen, ihm sofort Nachricht geben, wenn sie unter vorgehaltener Hand diskriminiert würde. Ansonsten würden alle Gäste akribisch den Anstand wahren und sie gebührend behandeln. Und er erzählte ihr dabei von der Künstlerin Fröhlich und Professor Unrat.

Der Abend lief bravourös. Und Karl erinnerte sich immer wieder an Anna, die ihre wahre Freude an der gespielten Freundlichkeit der guten Gesellschaft gehabt hätte. Bella wurde mit Vorzug behandelt, nicht ohne böse Blicke an Karls Adresse zu schicken. Aber keiner der wichtigen Anwesenden verlor die Fassung.

Und zum ersten Mal fühlte sich Bella als Prinzessin, obwohl sie sich im Vorfeld tausend Ängsten hatte erwehren müssen. Jetzt konnte sie ihr Glück nicht fassen, wurde hofiert und in Gespräche eingebunden. Und sie erntete sogar einiges Lob über ihr Weltwissen und ihre Erfahrungen.

Die verlogene Gesellschaft aber lächelte und akzeptierte ihr Auftreten zähneknirschend, denn es blieb ihr gar nichts anderes übrig. Und sogar der Gemeindepfarrer gab Bella wohlwollend die Hand und begrüßte sie devot. Wahrscheinlich nahm auch er hin und wieder mal den Dienst ihres Hauses in Anspruch.

Aber besser, dachte Karl, ist die Ehrlichkeit zur geschlechtlichen Lust als die Hände der Geistlichkeit an den Kindern. Immerhin verstand er jetzt auch den versteckten Hinweis von Bella, dass Kirchenmauern immer eine heimliche Pforte hätten.

Und sogar die Frauen der ehrbaren Männer überschlugen sich vor Höflichkeit, obwohl sie hinter Bellas Rücken doch erheblich zeterten, natürlich nur hinter vorgehaltener Hand. Ein strenger Blick von Karl genügte dann, um die Mischung aus Neugier, Missbilligung und Eifersucht in ihre Schranken zu weisen. Und die feine Gesellschaft blieb fein und anständig.

Da es sich nicht vermeiden ließ, dass die Herren der besseren Gesellschaft Karl immer mal wieder im Etablissement trafen, wurde er in der Begleitung von Bella auch weiterhin als Gast zu verschiedenen Festen in gehobenen Kreisen eingeladen. Und wenn jemand ihn beiseite nahm, um sich die Begleitung von Bella zu verbieten, lachte Karl ihn aus mit dem Hinweis, er könnte dies ja mal mit seiner „hochwohlgeborenen" Gattin ausdiskutieren.

Und irgendwann wurde Karl, obwohl immer noch deutscher Staatsangehöriger, sogar gefragt, ob er sich eine Position im Parlament der Gemeinde vorstellen könnte. So als Verbindungsglied zum deutschen Staat und zur Europäischen Union, natürlich unentgeltlich. Aber diese Ehre lehnte Karl dann doch dankend ab. Er liebte zwar Italien, doch dies hatte auch Grenzen.

Und es wurde Karl immer deutlicher, wie gut die Position eines Single war, den man über seine Familie nicht angreifen konnte. Da gab es keine Frau, der man Heimlichkeiten stecken konnte. Da gab es keine Kinder, denen man Geheimnisse unter vorgehaltener Hand verraten konnte, und keine Enkel, die man natürlich ohne Absicht für den Opa in Kindergarten und Schule strafen konnte. Da gab es niemanden, den man auf ihn hätte scharf machen können.

Aber war das, was die Gesellschaft hier zeigte und lebte, die eigentliche Grundsubstanz von Ehe und Familie und Bedingung ihres Bestandes? War die Möglichkeit der Lüge und die Gefahr ihrer Entdeckung etwa Grundlage einer funktionierenden Beziehung? Und hatte diese nur Aussicht auf Erfolg, wenn man nach außen als aufgeschlossenes Paar funktionierte? War es dann egal, was hinter verschlossenen Türen passierte, zuhause vielleicht gar psychischer Terror und Prügel die Tagesordnung waren? Ging es nur darum, dass der Schein gewahrt wurde? Manchmal spürte Karl das Entsetzen, dies als Wahrheit zu erkennen. Und dann entstanden die Phasen, in denen er eigentlich gar keine Beziehung mehr haben wollte.

Mit Anna war dies anders gewesen. Sie hatten sich nach außen große Anerkennung und auch Vorsicht im Umgang mit ihr erkämpft. Und sie hatten sich in der Familie große Akzeptanz zugewiesen und sich Freiräume gelassen. Aber war dies wirklich Realität gewesen und nicht nur ein Traumgebilde im Gespinst der Lebenslügen?

17.Annas Traum

Anna meldete sich aus Lampedusa. Sie habe endlich ein Ziel, die Flüchtlingshilfe vor Ort. Und sie habe Dotore Alberto kennen gelernt, einen sehr charmanten Endfünfziger, der sie auch bei näherem Hinsehen sehr viel jünger eingeschätzt habe, als sie es sei. Die Insel wäre wundervoll, die Via Roma ein Traum des Einkaufens und der leiblichen Genüsse. Das glasklare Wasser des Meeres, die Wärme, die sie schon immer geliebt hätte, und dazu die freiwillige Aufgabe in der Flüchtlingshilfe, zusammen mit Dotore Alberto eher Freude als Mühe. Sie fühle sich wohl wie lange nicht mehr und würde nun dortbleiben, zumindest einige Zeit.

Karl fühlte Eifersucht, obwohl ihn nichts dazu berechtigte. Vielmehr hätte er sich mit Anna freuen müssen, dass sie momentan so glücklich war, aber es nagte an ihm.

War er wirklich so kleinkariert, dass er Anna nicht einschränkungslos ihr momentanes Glücksgefühl gönnen konnte? Und neben der Eifersucht, die sein Gedärm durchwühlte, erkannte er auch die Beschränktheit seiner Denkweise. Galten Freiheiten tatsächlich immer nur dann, wenn man sie für sich in Anspruch nahm?

Dann brachte ihn eine kurze Mail völlig aus dem Gleichgewicht.

„Komm nach Lampedusa, gib zu Hause alles auf, verkaufe alles und komm zu mir. Wir können hier gemeinsam ein neues Leben beginnen."

Karl spürte wieder einmal die Achterbahn in seinen Gefühlen, war fast so weit, dem innigen Wunsch, Anna zu sehen, nachzukommen, aber dafür alles aufgeben zu müssen? Dieser Schritt schien ihm doch zu unüberlegt und zu wenig geplant. Er hatte plötzlich fast panische Angst vor dem „Nichts", obwohl er es nicht einmal rational fassen konnte. Er brauchte feste Haltegriffe, die ihn, wenn er denn fallen sollte, auffangen könnten. Und er fand für sich keine Hilfestellungen in der dann neuen Welt.

Da im Laufe der nächsten Tage die Vernunft wieder die Oberhand in seinem Kopf bekam und er trotz Grübelns eh nichts ändern konnte, kehrte Karl zum Alltag zurück. Er besuchte Bella, erzählte ihr die Neuigkeiten seines Lebens, beschwerte sich über Anna und die Welt, dann über Dotore Alberto, dann aber auch über sich selbst, bis sie ihn zärtlich in die Arme nahm und ihm fast mütterlich tröstend über die Haare fuhr.

„Irgendwie ein Scheißleben, dass da abläuft, ohne dass ich daran teilnehmen kann, was ich aber eigentlich möchte."

„Fahre doch hin nach Lampedusa", Bella meinte es ernst. „Was hält dich hier, zeige Anna, dass du mit ihr zusammenarbeiten, mit ihr leben, ihr helfen willst. Was hält dich denn wirklich hier, wenn Ann dort die Alternative ist. Ich vielleicht?" Und sie lächelte, zeigte, dass sie es nicht besonders ernst gemeint hatte, obwohl ihre Augen einen traurigen Ausdruck bekamen.

Aber Karl wusste genau, dass er nie den Mut und die Kraft aufbringen würde, sein geordnetes Leben hinter sich zu lassen und mit der Ungewissheit der Fremde zu tauschen. Und dann war da ja auch noch Alberto.

„Du weißt nichts über ihn und du kennst vor allem nicht die Verbindung, die die beiden miteinander haben", bemerkte Bella, „bringe den Mut auf und dann fahre hin." Und Bella hatte recht. Karl wusste dies genau, aber er biss sich fest am Jetzt.

Karl schwankte zeitweise tatsächlich in seinem Entschluss und überlegte eine grundlegende Veränderung seines Lebens. Doch die damit verbundene Neuorientierung erschreckte ihn und suggerierte ihm die Unmöglichkeit solchen Vorgehens.

Bella gelang es zwar immer wieder, Karls Dasein gehörig in Frage zu stellen, und manchmal neigte er dazu, ihren Ratschlägen zu folgen. Aber es gelang ihr nicht, ihn aus seinem Gefängnis des bürgerlichen Sicherheitsdenkens zu befreien. Dann holte ihn immer wieder die Wirklichkeit aus seinen Kurzträumen zurück. Er wünschte sich zwar ein Leben mit Anna von ganzem Herzen, aber er erkannte auch, dass er nie in der Lage sein würde, ihren innersten Wünschen zu folgen.

Sie hatte ihm Jahre ihres Lebens zu Füßen gelegt, ihm den Rücken frei gehalten für seinen Beruf und die Kinder geboren und erzogen. Jetzt hätte er ihr sein Leben zu Füßen legen müssen, um sie wieder zu gewinnen. Schon lange vorher hätte er ihre Wünsche registrieren müssen, vielleicht hätte Peter dann keine Chance gehabt. Aber es schien ihm zum jetzigen Zeitpunkt nicht mehr möglich.

Und endlich war es Anna gelungen, auch ihren Lebenstraum für sich zu erfüllen. Und diesen konnte und durfte er nicht durch seine kleinbürgerlichen Wünsche zerstören. In diesem Moment wurde ihm zum ersten Mal wirklich klar, was er hätte anders machen können in seinem Leben. Und es wurde ihm gleichzeitig klar, dass er Anna als einen Teil seines Lebens verloren hatte, vielleicht schon viel früher, als er es je geahnt hatte, vielleicht schon damals mit Peters erstem Auftauchen.

Annas sporadische Mitteilungen dagegen sprühten vor Freude und Lebenslust. Sie erzählte von endlos langen Abendspaziergängen am Strand und sehr interessanten Gesprächen mit Alberto, die manchmal fast eine ganze Nacht lang gedauert hätten. Sie sprach von ausgewählten Fischdiners und ausufernden Feiern, von der Dankbarkeit der Flüchtlinge und der Wärme der Insel, die alle Regionen des Körpers angenehm durchströmen würde.

Und Karl las ihre Nachrichten und grub sich in sein bürgerliches Domizil am Gardasee ein, immer tiefer, als ob er eine Festung zu verteidigen hätte. Nicht dass er nicht nachgedacht hätte über eine Veränderung, nicht dass er nicht erkannt hätte, dass dies die einzige Chance gewesen wäre, wieder mit Anna zusammen zu sein, aber er fühlte sich zu schwach, um das Bekannte und Liebgewonnene zu verlassen.

Vielleicht hätte er dies dreißig Jahre früher gemacht, wenn er damals an der gleichen Stelle wie heute gestanden hätte. Und er sagte sich, dass er es für Anna damals sicher gemacht hätte. Aber die Ungewissheit darüber siegte, was ihn erwarten würde und ob er sich zurechtfände und was er Dotore Alberto hätte entgegnen können, wenn dieser Anna in den Arm genommen hätte.

Und Anna schrieb irgendwann erneut, leider nur in einem Nebensatz, dass es sehr schön wäre, wenn Karl zu ihr käme. Karl sah darin die Einladung zu einem Urlaub, den er natürlich ablehnte. Er würde sich nicht dem Stress aussetzen, Anna zu besuchen, wenn er so wenig über die Umstände wüsste, die er antreffen würde. Er verstand die Botschaft einfach nicht, dass sie immer noch hoffte, er gäbe sein Leben auf und würde sich ihr anschließen.

Erst viel später wurde ihm das klar und auch dann nur, weil sie es ihm erklärte. Und wieder musste Karl erkennen, wie eng doch seine Lebensvorstellungen gewesen waren und wie wenig er von Anna verstanden hatte. Immerhin hatte er sich bemüht um Liebe, Geld und Glück. Aber er hatte etwas Wichtiges vergessen. Zum gemeinsamen Leben gehörten die Interessen aller Beteiligten und nicht nur seine eigenen. Und der Glaube, man könnte das Familienglück bestimmen durch die soziale Absicherung, war ein Trugschluss. Vielmehr hatte er versucht, all das durch eine hohe Mauer zu schützen und zu konservieren und dabei vergessen, dass er Anna eingemauert hatte.

Aber er hatte sehr wohl auch erkannt, dass nicht alle Ansprüche, die man in einem Leben formulierte, umsetzbar waren. Dazu gehörten nicht nur viele Kompromisse, also auch die Aufgabe von Wünschen zugunsten des anderen, sondern auch die reale Einschätzung der eigenen Möglichkeiten. Und was man mit sich nicht schaffte, konnte man in der Umsetzung von Ansprüchen an das Leben auch nicht leisten.

„Man bleibt, was man ist, auch wenn der Spielraum für einen viel größer ist, als man sich zutraut", teilte er Bella eines Abends mit und verband damit die endgültige Absage an die Veränderung seines Daseins.

Letztendlich blieb die Akzeptanz der Berechtigung beider Lebensvorstellungen und Lebensträume.

Wenn diese zu weit auseinander lagen, konnte ein gemeinsames Vorgehen entweder durch Aufgabe der eigenen Position oder durch weitgehende Kompromisse erreicht werden. Gelang dies nicht, musste man sich zeitlich und örtlich trennen. Es blieb dann nur noch die Hoffnung, dass sich die Wege irgendwann wieder kreuzen würden. Lampedusa war sicherlich eine Möglichkeit und die Kraft der Liebe hätte bei beiden ausgereicht, das neue Leben zu bewältigen. Aber der Spielraum für beide war noch nicht groß genug.

18. Annas Rückkehr´

Und Anna kam zurück mit Dotore Alberto im Schlepptau. Sie hatte zwar angekündigt, dass sie wieder mal vorbeischauen wolle, aber zunächst war nicht klar, was sie wirklich beabsichtigte, und es war auch nicht klar für Karl, dass sie in Begleitung sein würde.

Karl freute sich riesig, war aufgeregt, je näher das Datum ihrer Anreise rückte, und er lenkte sich ab mit Vorbereitungen. Wein, Lieblingskäse, Grappa, es sollte an nichts fehlen, wenn Anna die Türschwelle des gemeinsamen Hauses überschreiten würde. Und diese Mal würde Karl sich nicht so leicht überrumpeln lassen. Er übte, spielte Theater, probte seinen Auftritt, fand sich fast professionell vorbereitet.

Dann die Mitteilung, dass sie in Begleitung von Dotore Alberto käme. Karl erschrak innerlich, sie würde ihre Liebschaft mitbringen, ihm das Vis a vis zumuten. Er überlegte, ob er nicht das ganze Treffen absagen sollte, er sei nicht da oder so ähnlich.

Dann eine weitere Mitteilung, Alberto sei schwer krank, habe nur noch wenige Zeit zu leben. Immerhin stimmte ihn diese Mitteilung etwas friedlicher, er würde den Nebenbuhler nicht ewig ertragen müssen, aber das Ganze wäre doch ein starkes Stück von ihr, sagte er sich.

Dann eine weitere Mitteilung, ob er sich noch an den engen Freund der Familie von Innstetten erinnern könnte, den Mitwisser des Ehebruchs von Effi und damit Verursacher des idiotischen Duells mit tödlichem Ausgang für den Nebenbuhler. Alberto nähme die Rolle dieses Mitwissers ein. Er sei Vertrauter ihres Lebens und ihrer Sehnsüchte geworden, nie aber ihr Liebhaber. Eine schlichte Rechtfertigung für die Begleitung durch den Freund und eine klare Absage an kindische Eifersucht und protziges Männergehabe.

Karl fühlte sich erwischt und elend angesichts dieser Mitteilung und seiner Wutgedanken. Wieder einmal hatte er völlig falsch gelegen und wieder einmal hätte er die mögliche Rückkehr von Anna mit seiner Kleinbürgerlichkeit und Eifersucht fast torpediert.

Anna teilte auch mit, dass sie ihre Rückkehr nicht nur als ein zeitlich begrenztes Treffen sähe, was immer dies auch heißen mochte. Karl verwirrten diese Worte, denn sie erzeugten Hoffnungen, die ihn glücklich hätten stimmen sollen, vor deren Erfüllung er sich aber auch fürchtete.

Bella übrigens verabschiedete sich von Karl auf sehr anerkennenswerte Art, wie er es formulierte. Sie teilte ihm einfach mit, dass er ihre Anwesenheit wohl nicht mehr brauche, wenn Anna wirklich zurückkäme. Selbstverständlich würde sie das Feld räumen und sie wünsche ihm alles Gute und viel Glück. Dann eilte sie um die nächste Ecke, damit er ihre Tränen nicht sehen konnte, die sich wie Sturzbäche über ihre Wangen ergossen. Vielleicht hätte er ihr nacheilen und sie trösten sollen, aber auch dazu fühlte er sich nicht mehr in der Lage und war froh, dass sie ihn, ohne eine Szene zu machen, verließ. Eine überaus feige Reaktion von Karl, wie er später irgendwann mal feststellte.

Und dann wartete Karl auf Annas Rückkehr, als ob er durch sein ungeduldiges Warten die Zeit bis dahin hätte verkürzen können. Und der Tag der Ankunft rückte näher. Sehr oft saß er auf der Veranda, beobachtete dabei die sanften Bewegungen des Gardasees und zählte die sichtbaren Wellen, die sich zum Ufer hinbewegten. Und manchmal ertappte er sich dabei, wie er im Schlaf versank und von Träumen ergriffen wurde, die ihm Anna zeigten, aber weit weg und unerreichbar. Er wachte dann in tiefer Dunkelheit auf und konnte den See nur noch im fahlen Lampenlicht der Promenadenlaternen erahnen. Wenn der Mond aber zur vollen Größe gewachsen war, dann gab er den Blick frei über den riesig wirkenden See, der kein Ende zu haben schien. Und es ergriff ihn ein unbeschreibliches Gefühl des Glücks, dem nur noch Annas Anwesenheit fehlte, um es vollkommen zu machen. Er sah ihr Lächeln vor sich, wenn er sich bemühen würde, nicht ganz aus der eingeübten Rolle zu fallen, und ihren wissenden Blick, wenn er sie mit Mitteilungen überhäufen würde. Unzählige Male spielte er die möglichen Begegnungen durch, hielt dabei an und korrigierte sein Verhalten, ohne dass sich der Ausgang des Treffens verändert hätte. Es blieben zu viele Unbekannte. Und es gelang ihm auch nicht, diese in kontrollierte Formen zu pressen. Letztendlich blieb die Unsicherheit und das Warten wurde eine tägliche Übung, die manchmal all seine Kraft in Anspruch nahm. Dann sank er abends in die Kissen in unruhigen Schlaf und träumte von ihrem Lächeln, das sich ganz nah vor seinem Gesicht befand, um dann immer weniger erkennbar in einer unendlichen Ferne zu verschwinden. So vergingen Tage des Bangens zwischen Hoffnung und Angst, dass sie noch absagen würde, vielleicht etwas dazwischengekommen wäre.

Und dann stand sie vor ihm. Sie war älter geworden, ihr Gesicht zeigte Falten, die ihm vorher nicht aufgefallen waren, aber sie wirkte jugendlich wie eh und je. Ihr Gesicht lachte, strahlte fast, wie es das immer konnte, aber er bemerkte ihre Schatten im Blick. Etwas betrübte ihre Freude, etwas nagte an ihr.

Und dann erkannte er die Veränderung, ihre Augen leuchteten nicht mehr wie früher, graue Schleier hatten sich um die unergründlich tiefen Seen gelegt, die einmal von Lachfalten umrandet jetzt nur noch Traurigkeit zeigten.

Hinter ihr folgte Alberto. Auch er konnte mit dem Gesichtsausdruck sprechen, lachen, sich freuen. Aber seine Züge waren ergraut und sein Lächeln wirkte erstarrt. Es war nicht nur Unsicherheit Karl gegenüber, es war eher das konstante Leiden eines sterbenden Menschen, der um sein Schicksal wusste. Und er betrat erschreckend gebückt das Haus.

Warum sie überhaupt gekommen sei, Karl schaute Anna unsicher an? In den Erzählungen über Lampedusa schwang ständig die Begeisterung mit für diesen Flecken Erde. Warum also hatte sie diesen Ort verlassen? Und Anna gab spontan die Antwort, dass es zwei wesentliche Gründe für sie gegeben hätte. Der eine sei Alberto, die Nähe des Verlustes eines wichtigen Freundes und geistigen Lebensgefährten. Den zweiten zu nennen blieb sie schuldig. Aber ihr Blick ruhte auf Karl.

Karl spürte große Freude, aber er wusste, dass dieses Gefühl trügerisch sein konnte. Er würde zumindest seine Erwartungen nicht zu hoch ansetzen. So viel konnte er sich bereits ausmalen. Und es drängte sich die Frage auf, ob er mit einem übrig gebliebenen Rest, den er noch nicht kannte, glücklich werden wollte und konnte.

Das Essen verlief in lockerer Atmosphäre, der Hauswein mundete zwar auch Alberto, aber sein Lächeln wurde immer mehr zur versteinerten Maske. Anna erzählte viel über die Zeit auf Lampedusa. Meist waren es traurige Geschichten von im Mittelmeer ertrunkenen Familienmitgliedern von Flüchtlingsgruppen und verlorenen Schicksalen. Und auch die Geretteten würden nicht mehr glücklich und unbelastet sprechen können über das Erlebte.

„In viel zu kleinen Booten sind sie für teures Geld mit viel zu vielen gekommen. Die Familien haben oft Jahre gesammelt, um einem Mitglied die Überfahrt zu ermöglichen. Und das Ziel ist nicht gewesen, in Europa reich zu werden! Doch wir, die in Wohlstand fast ersticken, werfen ihnen das vor, gebrauchen es als Ausrede, um ihnen ihren Mut und ihre Verzweiflung auch noch als egoistisches Streben vorzuwerfen."

Anna schimpfte jetzt lauthals: „Sie wollten einen Ort finden, der für sie das Paradies des Friedens und der Gleichberechtigung bedeutete, von dem sie nur träumen konnten. Und manche waren dabei, die mit eigenen Augen sehen wollten, dass es diese Welt ohne Krieg und Hass auch tatsächlich gibt. Und was haben sie angetroffen?"

Die Tränen überwältigten sie und sie schluchzte bitterlich. Dann setzte sie erneut an.

" Du kannst dir nicht vorstellen, Karl, welch Elend und Not ich begegnet bin. Und diese Menschen haben immer noch die Hoffnung in den Gesichtern gehabt, obwohl sie längst bemerkt hatten, dass die friedliche Welt, die sie erwartet hatten, nichts als Lug und Trug für sie bereithielt."

„Wie kann man sich in einer solchen Welt ruhig und gelassen satt essen? Sag es mir, Karl, sag es mir!" Dies schrie sie ihm geradezu ins Gesicht, um dann erneut in Tränen auszubrechen.

Alberto umarmte sie, hielt sie fest, so gut er konnte, aber er hatte kaum noch Kraft dafür. Und Karl schwieg betreten.

Sicherlich hatte er sich Gedanken gemacht über die Flüchtlingskrise, hatte mit vielen Menschen darüber diskutiert und sich nicht selten im inzwischen bedenklich nach rechts gerückten Italien unter mitleidigem Belächeln die Worte „wir schaffen das" der damaligen Kanzlerin vorbeten lassen müssen.

Sie hätte sich damals ins Abseits der europäischen Politik manövriert, aber die Deutschen hätten ja schon immer alles geschafft. Und lautes Lachen erfüllte dann die kleinen Lokale, wenn die Männer an den Nebentischen Zeuge solcher Diskussionen geworden waren.

Aber wo war sein Engagement geblieben, die damalige Aussage der deutschen Kanzlerin zu verteidigen? Hatte er nicht sogar Stolz gefühlt, dass es in einem der reichsten Länder Europas gegen viele anders laufenden Strömungen einen Menschen gab, der bewies, dass die Deutschen noch wussten, was Menschlichkeit ist. Dass zum ersten Mal in Europa eine Aussage die christliche Kultur bewies, obwohl genau die Partei, die diesen Teil in ihrem Namen trug, dann über die Kanzlerin in traurig primitiver Weise hergefallen war. Dass jemand den Mut hatte, auch wenn es Stimmverluste für die nächsten Wahlen bringen konnte, dem ganzen populistischen Lügengespinst und seinen propagandistischen Schreiern die Stirn zu bieten.

„Einen Friedensnobelpreis hätte man ihr verleihen sollen für diese mutige Tat", stolperte es aus ihm heraus.

Anna schaute ihn groß an: „Wem denn, um Gottes Willen, und warum? Ich kann deine Gedankenachterbahn gerade nicht folgen."

„Angela Merkel", sagte er traurig, „für ihren mutigen Alleingang, 2015 den Flüchtlingsströmen die Tür zu Deutschland zu öffnen."

„Es war vollkommen korrekt zu diesem Zeitpunkt und aus menschlichen und christlichen Sichtweisen heraus auch absolut notwendig." Anna lächelte ein wenig versöhnlich, und es sei ja doch nicht alles vergebens bei Karl. Sie stand auf und umarmte ihn, küsste ihn sogar auf die Stirn.

„Und du, was hast du denn sonst noch gemacht außer dein Leben in Frieden und Freiheit zu genießen", und wieder sah er die spöttisch nach vorne gewölbte Unterlippe, die er so gut kannte. Jetzt hatte er eine Chance, ihr zu zeigen, dass auch er nicht dumpf in den Tag gelebt hatte.

Karl erzählte nach einigen weiteren Gläschen Rotwein bereitwillig von seinem Leben, erwähnte Bella und die „bessere" Gesellschaft des kleinen Ortes und ließ keinen Moment der beißenden Ironie über deren Verlogenheit aus. Er beschrieb sarkastisch die Begegnungen mit der Hautevolee des Ortes im nachbarlichen Puff und die daraufhin folgenden Annäherungen bis hin zu den berühmten Kumpelfreundschaften, dass man ja nichts untereinander verrate.

Dann erzählte er von Bella und er konnte nicht ganz verbergen, dass er für diese Frau Hochachtung empfand. Es wäre so erschrecklich fröstelnd gewesen, als sie zum ersten Mal in seiner Begleitung auf einer der Feiern der Dorfchefs auftauchte und niemand sie anfassen durfte, vor allem nicht verbal.

„Es war geradezu abgöttisch herrlich, wie sich die Herren in der Nähe von Bella überschlugen, um sie um ihr Schweigen zu bitten. Und es war ein Genuss, sie zu beobachten, wie sie zunächst unsicher, dann immer fester und am Ende glücklich mit all denen kokettierte, die sie sonst eher gerne gedemütigt hätten."

Karl ließ dem Sarkasmus über die verlogene bessere Gesellschaft freien Lauf. Er nannte Namen und provozierte Momente, wenn sich zugeprostet worden war und die Augenlider gar nicht schnell genug hinter der Ehegattin hatten klimpern können.

Und auch die im Vorbeigehen fast gehauchten Komplimente für Bella, deren man sich in den feien Männerkreisen bemüßigt fühlte, konnten den Wahnwitz dieser Momente nur steigern.

„Bella und ich haben stundenlang darüber gelacht", „und dann natürlich auch miteinander geschlafen", bemerkte Anna, „ja, so wird es dann auch gewesen sein, hin und wieder", Karl lächelte.

Irgendwann warf Anna ein, das so, wie sie es sähe, ja sein Leben auch nicht ganz umsonst gewesen sei, aber Karl war längst angetrunken genug, über diese Spitzen hinweg zu reiten in dem Rodeo seiner Gefühlskorrekturen.

Und Anna ordnete an, dass Alberto bei ihr schlafen würde, sie ihn diese Nacht nicht alleine lassen könne. Karl spürte, dass er zu lernen hatte, hier half kein Gespräch mehr. Entweder er würde zustimmen oder er müsste zugeben, dass er sich nicht geändert und nur so gespielt hätte. Und er stimmte zu, gab Anna und Alberto das Bett und richtete sich auf dem Sofa ein.

Als Anna in dieser Nacht zu Karl kam, weinte sie bitterlich und hielt ihn so fest, wie sie es seit vielen Jahren nicht mehr getan hatte. Sie hatte den Notarzt geholt, weil Alberto nicht mehr atmete. Er war in ihren Armen gestorben und sie hatte gewusst, dass es so kommen würde. Und wieder erkannte Karl seine Kleinbürgerlichkeit. Fast hätte er ihr die letzte Nacht mit Alberto untersagt und beide weggeschickt. So hatten sie ein gemeinsames Erleben der Trauer und der Nähe, die sie immer noch füreinander spürten.

Das kleine Dorf registrierte die Rückkehr von Anna freudig, und endlich, so glaubte man, wäre man nicht mehr den möglichen Andeutungen von Karl ausgeliefert. Immerhin konnte man sich jetzt revanchieren, seiner Frau erzählen, was er treibe.

Aber zunächst wurde Alberto unter Anteilnahme des gesamten Dorfes verbrannt und dann in einer Urne zu Grabe getragen. Und alle erwiesen dem vermeintlichen Konkurrenten von Karl die letzte Ehre. Denn es gab durchaus ein gesellschaftliches Aufatmen, dass auch Karls Lebensgefährtin nicht ohne Makel gewesen war, zumindest hatte man hier die Sünde Annas greifbar im Blickfeld. Und wieder einmal war die Lust der Gesellschaft auf Sensationen befriedigt.

Karl interessierte das wenig, genauso wie es auch an Anna abperlte. Mochten die Dorfbewohner denken, was sie wollten. Die Gerüchteküche war für alle wichtig, das wussten sie, aber sie würde auch bald wieder versanden.

„Warum bist du zurückgekommen", Karl fragte, weil er es sich nicht erklären konnte, aber Anna antwortete spontan. Es wäre wegen Alberto, er wäre nie Sexualpartner aber bester und intimster Freund ihres Lebens geworden. Und sie hätten gewusst, dass er hätte sterben müssen. Wenn nicht jetzt, dann in naher Zukunft. Er hätte kaum noch Überlebenschancen gehabt. Sie hätte ihn verloren und wäre dann allein gewesen.

„Es war eine für mich erschreckende Vorstellung, diesen Freund zu verlieren und dann niemanden mehr zu haben. Ich fühlte die Einsamkeit, die Leere, die das Leben für dich bereithält, wenn du alle Menschen um dich herum verlierst, die dir etwas bedeuten. Aber da gab es ja noch dich." Sie lächelte verträumt. „Ich brauche einen Freund für mein Leben und wenn er auch noch so verschroben wäre, ich brauche ihn. Und du bist der Einzige, der dies für mich sein kann."

Karl schwieg, alle Überlegungen schlugen Purzelbäume. Er als Freund des Lebens. Wie konnte er dies leisten? Zu oft hatte er aufgegeben, nicht mehr an ein Zusammensein geglaubt. Zu oft hatte er über Vergangenes geweint und beschlossen, sich nicht mehr an andere Herzen zu verlieren. Und wo blieben alle anderen Hoffnungen, Normalitäten, Ansprüche?

„Sex mit einem Mann gibt es übrigens nicht mehr bei mir", sie lächelte. „Du kannst dir jetzt überlegen, ob du unter diesen Vorgaben mit mir ein neues Leben beginnen willst. Du kannst jetzt entscheiden."

Und dann begann Anna zu erzählen im Angesicht der untergehenden Sonne über dem Gardasee. „Es ist nicht die sexuelle Abhängigkeit von Peter, es ist auch nicht die Ausschaltung jeder rationalen Kontrolle gewesen. Es ist vielmehr der Befreiungsversuch von meinem Leben mit dir, der sich kaum anders hätte durchführen lassen. Und es tut mir unendlich leid, dass ausgerechnet du diese Loslösung erleben musstest. Denn ich habe dich sehr geliebt, fast bis zur Aufgabe meiner eigenen Person. Und deshalb war es wichtig, dass du immer Mensch warst, dem ich hundertprozentig vertrauen konnte. Und endlich fühle ich mich bereit und frei genug, darüber zu sprechen, auch weil ich erwarte, dass du es verstehst."

„Die Geschichte der sexuellen Abhängigkeit von Peter entspricht nicht der Realität. Sie war vielleicht mal real für einen Moment, als ich nicht erkannte, was eigentlich Ursache meines Tuns war. Er war Vehikel, in der Erinnerung nicht klar definiert, aber nur Vehikel für den Anbruch einer neuen Zeit."

„Ich habe mich sich sehr schnell von Peter getrennt und damit von allem, was mich noch hätte belasten können." „Denn ich habe dich immer geliebt." „Nur eben die Last," sagte sie, „die Last unserer Beziehung, die so massiv wirkte, dass ich keine Möglichkeiten des Ausweichens sah."

„Eigentlich bist du meine sexuelle Abhängigkeit, weil ich dich liebe und in deinen Händen immer dahin geschmolzen bin, mich nicht mehr unter Kontrolle hatte. Es ist nicht Peter, du bist es."

Karl blieb stumm, was konnte er darauf noch sagen. Er hatte immer geglaubt, Anna zu lieben, und er hatte alle Register gezogen, um dies so zu vermitteln. Aber jetzt drohte ihm die Erkenntnis, dass er für Anna eher soziales Bollwerk gegen ihre Befreiung gewesen war. Er konnte dies nicht verantworten, weil er dies nie so gesehen hatte, es auch nie so gewollt hatte. Aber er verstand immerhin viel von dem, was sie sagte.

„Es war wunderschön mit dir, die Liebe, die Nähe, aber so oft fehlte deine Person, wenn du weg warst, viel zu weit weg und nur in Gedanken bei mir."

Karl spürte sein Herz bluten, aber er konnte diese verpassten Gelegenheiten nicht mehr gut machen.

„Es war wunderschön, die eigene Person im Rausch der Erfüllung aller Gefühle in deinen Armen aufzugeben. Ich habe dies nie irgendwo anders erlebt, aber es hat mich abhängig gemacht von dir und deinen Entscheidungen. Deswegen gab es in den letzten Jahren auch immer weniger Sex."

Karl begriff die Ausmaße ihrer Ehrlichkeit. Er würde entscheiden müssen, nicht nur mit Worten. Und er würde für ein weiteres Leben entscheiden müssen, mit Anna oder ohne sie.

„Sag mir einfach nicht, wenn du Bella triffst, und ich werde dir keinen fremden Mann ins Haus bringen. Du wohnst unten und ich oben. Zwei getrennte Einflussbereiche, aber jederzeit die Möglichkeit, sich zu treffen."

Karl würde alles akzeptieren, was sie in seiner Nähe hielt. Er müsste vielleicht noch lernen vom Leben, das er doch so gut zu meistern glaubte. Aber die Situation der reinen Freundschaft mit Anna war ihm zumindest nicht ganz neu.

Und Karl entschied, entschied wie er es sich schon immer vorgestellt hatte, entschied sich für Anna und ein Zusammenleben, egal wie es aussehen würde. Sie würde oben wohnen können, er unten, sie würden vieles gemeinsam nutzen, aber jeder hätte seinen eigenen Bereich.

Er würde Bella vielleicht irgendwann mal wieder treffen, aber keine Frau würde in diese Wohngemeinschaft eindringen dürfen. Damit könnte man in einer engen Freundschaft leben, die einmal alle Intimitäten geteilt hatte, aber jetzt klare Distanzen schaffte.

Zu viel wäre passiert, so Anna, zu viel, um sich noch einmal auf eine engere Beziehung, vor allem eine sexuelle Abhängigkeit einzulassen, sie wolle dies nicht mehr und könne dies auch nicht.

Und Karl akzeptierte fast freudig ihre Vorschläge, er würde sie haben als Freundin des Lebens und als ehemalige Geliebte in seiner Erinnerung.

19. Wo ist Gott?

Sie saßen auf dem kleinen Balkon, der den Blick auf den See frei gab. Die Einäscherung von Alfredo lag einige Wochen zurück und sie schauten auf die Oberfläche des ruhigen Sees.

„Ich bin endlich glücklich und angekommen, da, wo ich eigentlich immer hinwollte, zu dir, aber nie zu deinen Bedingungen." Sie lächelte in die aufkommende Nacht hinein und genoss den Hauswein aus der Region.

„Und es ist mir hoffentlich gelungen", er hüstelte etwas unsicher, „dich ganz und gar in meinem Herzen aufnehmen zu dürfen, ohne dass ich dir irgendwelche Vorgaben mache."

„Vorgaben", sie betonte das Wort deutlich, „wie immer ist es dir nicht gelungen, die Wahrheit genau zu treffen, altes Sprachgenie, es waren Vorschriften, verpackt in Erwartungen. Aber ich vergebe dir angesichts des Versuchs, alte Schwächen zu überwinden."

Karl akzeptierte ihre Provokation, freute sich, dass sie noch auf seinem Balkon saß. Gleich würde sie nach oben gehen. Er würde die Türen hören, dann die Geräusche ihres Zubettgehens, wenn sie sich in ihre Koje kuscheln würde. Und er würde unten liegen und unter innigen Liebesgefühlen für sie glücklich einschlafen.

Denn alles, was er sich je gewünscht hatte, nämlich sie in seiner Umgebung zu haben als große Liebe und fast grenzenlose Freundin, war geschehen. Und er fühlte sich unendlich glücklich.

Und das Haus der Liebe in der Nähe des Nachbarortes war ja nun nicht plötzlich verweist.

„Am Ufer des Gardasees zu sitzen und auf seine friedlichen Wellenbewegungen zu schauen, dabei aber das Rauschen der Wasserbewegung zu vernehmen, ist ein Traum, der am Schönsten ist, wenn man ihn gemeinsam träumt", Karl lächelte versunken. „Es ist wie im Himmel."

„Und wo bleibt Gott?", sie lächelte fragend, "wo bleibt er, wenn Menschen dieses Glück nicht haben und ihre Träume sich in Entsetzen auflösen. Wenn sie verstümmelt werden, um einen Krieg zu führen, den sie nie gewollt haben, um dann geistig verstümmelt zu werden, wenn sie ein Bleiberecht in Europa erwirken wollen? Wo ist dieser Gott, der unendlich Gute und alles Verzeihende. Wie kann er seinen eigenen Versprechen nachkommen, wenn er die Kriegstreiber sieht, die überzeugten Mörder und Folterer, die Despoten und Diktatoren, die Machtbesessenen und letztendlich Kriegführenden mit Millionen Toten im letzten Gepäck. Wird er auch diese irgendwann in den Himmel aufnehmen? Wird er Gnade walten lassen und werde ich, wenn ich denn mal in den Himmel kommen sollte, obwohl ich, ausgerechnet ich daran zweifle, weil mein Leben nicht genug „geradeaus" verlief, werde ich dann Platz nehmen müssen neben Mussolini oder gar Hitler, neben Idi Amin und Trump, nur weil Gott ihnen in seiner unendlichen Güte verziehen hat, ja verzeihen musste, weil sonst ein Teil der Versprechen der Kirche auf Erden gelogen wäre. Immerhin ist Trump Christ. Sein letztes Gebet zu Gott im Angesicht des Todes, soweit ihm das gelingt, verspricht ihm das ewige Leben. Werden die Kardinäle, die unseren Papst in seinen Versuchen kritisieren, Unheil hinter Kirchenmauern zu benennen und auch die klerikalen Täter der Gerichtsbarkeit zuzuführen, am Ende vor Gott genauso verziehen bekommen?" „Oder steuern sie nur seinen Nimbus und fressen das Geld der Armen."

Karl, hörte zu. „Immerhin versprechen sie eine Perspektive für die Zeit nach dem Tod." Aber er meinte dies nicht wirklich ernst. Er spürte ihr beider Nähe, denn er dachte ebenso. Dem Menschen war der Verstand gegeben. Also auch die Möglichkeit zu überlegen, zu hinterfragen und zu verstehen. Wo aber blieb der Gebrauch dieser vielleicht für die Menschen als besondere Gabe ausgegebenen Kompetenz bei so vielen Negierern, Kritisierern, Machtgeilen und nicht zuletzt einflussreichen Dummköpfen.

Und Anna redete sich in Rage. Ihre Wangen begannen fast zu glühen. Und jetzt leuchteten auch ihre Augen, flackerten fast, so wie Karl dieses von früher kannte.

"Wo bitte ist Gott in Lampedusa? Irgendwann habe ich ihn verzweifelt gesucht, gerufen. Ab er hat sich nicht gemeldet. Meidet er etwa Krisenherde? Wir waren dort, wir haben uns um die armen Seelen gekümmert, wir haben geholfen. Und er hat sich in Schweigen gehüllt."

In diesem Moment hätte Karl gerne nach dem „Wir" gefragt, aber er traute sich nicht, weil er sich vor der Antwort fürchtete. Und er wusste zu genau, dass er zu den „Wir" nicht gehören würde. „Du hast ja recht, triffst das Problem ins Herz. Aber vielleicht war er bei dir und hat dir die Kraft gegeben, dies alles durchzustehen und zu helfen. Es ist auch mein Herz, das hier tief getroffen wird."

„Was weißt du schon von Unglück und Seelenleid", ihre Antwort schnitt die Luft. „Du sitzt hier im Warmen und Trockenen und änderst die Welt mit Reden und Ansprachen. Und du sitzt hier in Italien in einer der wirtschaftlich stärksten Regionen. Nichts ändert sich, nur weil du hier verbal herumhampelst, nichts. Die Welt bleibt kalt und abweisend. Und als bestes Beispiel dafür: In Italien wird Salvini unterstützt, stellvertredender Ministerpräsident von Italien, Innenminister im Cabinet Conte, der Partei Lega zugehörig, die rechtsnational ist."

„Man denkt hier anders und muss vorsichtiger agieren", versuchte Karl eine Rechtfertigung, deren Überzeugungskraft aber schon im Keim verloren ging.

„Er beschwerte sich über die Entscheidung, die See Watch anlanden zu lassen, da er sich auf ein neues Gesetz, eine Art Notverordnung beruft, welches beschlossen werden soll. Diese sieht vor, dass der Innenminister die Befugnis erhält, Schiffen die Einfahrt in italienische Gewässer aus Gründen der öffentlichen Ordnung zu untersagen. Geplant ist überdies, dass Hilfsschiffe für jeden Migranten, den sie ohne Erlaubnis nach Italien bringen, 3500 bis 5500 Euro Strafe zahlen müssen", Anna schaute ihn fragend an.

Auch Karl war jetzt lauter geworden. „Muss man nicht hier ebenfalls ansetzen, wenn man etwas ändern will? Die Hilfe allein verwischt oftmals die tragischen Ausmaße der Realität."

„Ich habe auch gehört," wandte sie ein, „dass eine Gruppe internationaler Menschen – rechtsanwälte, Verantwortliche der Europäischen Union und deren Mitgliedsstaaten, beim Internationalen Strafgerichtshof in Den Haag wegen der Einstellung der Rettung von Flüchtlingen angezeigt hat, aber was soll das bringen? Verhandlungen und Diskussionen, doch keine Lösungen."

„Aber auf diesem Wege sehe ich die einzige Möglichkeit, auch effektiv etwas zu erreichen und Öffentlichkeit herzustellen", sagte Karl.

„Ist das dein Pessimismus, den ich dir gern zugestehe, oder nur die Faulheit, deinen Arsch zu bewegen für die Interessen anderer? Herrgott, du warst in den Siebzigern doch auch mal ganz anders. Aktuell befinden sich nach Schätzungen der Uno rund 670.000 Flüchtlinge im Bürgerkriegsland Libyen. Bereits 2017 warnten deutsche Diplomaten das Kanzleramt vor furchterregenden Zuständen in Gefängnissen und Lagern libyscher Milizen dort. Regelmäßig würden sogar Menschen erschossen, für die man kein Lösegeld verlangen könne." Anna geriet richtig in Fahrt.

„Die aktuelle Anzeige in Den Haag geht zwar einen großen Schritt weiter, indem sie die Verantwortung der EU thematisiert. Darüber hinaus würden private Seenotretter von Nichtregierungsorganisationen wie "See - Watch" strafrechtlich verfolgt, um deren Bemühungen zum Erliegen zu bringen, argumentieren die Anwälte. Ist das nicht furchtbar? Aber wie lange wird verhandelt und nicht gehandelt werden? Ruft das nicht auch in dir aktiven Widerstand hervor? Wo sind die Jahre denn geblieben, in denen du sogar gegen Fahrpreiserhöhungen auf die Straße gegangen bist?"

Dann weinte sie, zunächst still, dann in Tränenbächen. Dabei schmiegte sie sich an ihn, gab sich in ihrem Trauer seinen starken Armen hin, seinem

Schutz. Sein Herz klopfte, als ob sie es hätte hören müssen. Fast hätte er sich seiner Gefühle trunken hingegeben, an ein Leben wie früher geglaubt.

„Es wird nie mehr so sein können wie früher und es wird auch nie mehr so werden", sie sah ihn an mit tränenvollen Augen, „Ich habe unsere Lügen im Angesicht des Unheils ohnmächtig mit ansehen müssen und ich habe dich nicht als Retter gefunden. Du bist ein liebenswerter und durchaus begehrenswerter Partner und Mensch, aber uns trennen inzwischen Welten, die wir durch neue Wandanstriche nicht mehr überwinden können. Es sind die zwei Königskinder, die einander lieben, sich aber nicht treffen können, weil das Wasser zwischen ihnen viel zu tief ist. Es tut mir leid, aber ich kann nur noch neben dir leben."

„Warum bist du nicht nach Lampedusa gekommen? Vielleicht hätte dort alles so werden können, wie es mal war zwischen uns. Warum hast du, Gott verdammt nochmal, deinen faulen Hintern nicht hochgekriegt?"

Karl überlegte kurz, um sich die Antwort zurechtzulegen und dann in überzeugende Worte zu kleiden. „Ich wusste ja nicht, wegen anderer Beziehungen von dir, wegen Peter." Und er spürte die Fadenscheinigkeit seiner Aussage und schämte sich im gleichen Moment dafür.

„Du bist ein Feigling, "strafte sie ihn, "Peter übrigens spielte in meinem Leben schon kurz nach meiner Flucht aus diesem bürgerlichen Gefängnis keine Rolle mehr. Außerdem hat er nie die Rolle gespielt, die ich ihm fälschlicherweise über die vielen Jahre zugeschrieben hatte. Und andere Beziehungen gab es nicht oder kaum, zumindest nichts Gravierendes. Was glaubst du, warum ich sonst nach dir gerufen habe?"

Anna klang inzwischen sehr angriffslustig, so als ob sie keine Ausflüchte mehr zulassen würde.

Karl schwieg betreten, Redepause ohne Ausrede, dann nahm er allen Mut zusammen: "Ich habe Angst gehabt vor dem Verlust der Bequemlichkeit. Ich habe mich für meine Sicherheit und leider irgendwo damit auch gegen dich entschieden. Ich weiß dies und es tut mir unendlich leid, aber ich konnte nicht anders. Und du weißt dies ebenso. Du kennst den eher konservativen Menschen in mir im progressiven Kleid. Ich bin nicht der, der ich scheine. Und ich habe vor dem, was anders sein könnte, viel zu viel Angst."

Es entstand wieder eine Pause und diesmal wirkte Anna sehr nachdenklich. „Ich habe dich vielleicht überfordert, zu viel erwartet, war dann furchtbar enttäuscht. Ich habe auch Ängste, manchmal sogar recht große. Ich würde sofort wieder zurückgehen nach Lampedusa, meine Aufgaben wieder übernehmen und Menschen helfen, die es bitter nötig haben, aber ich kann dies nicht mehr allein", sie sah ihn traurig an. „Ich brauche inzwischen eine aktive zweite Hälfte, weil ich das Ganze nicht mehr allein schaffe."

Sie hatte die Worte fast hingeworfen, erwartete keine Antwort, stand auf und wandte sich zum Gehen.

„Es wäre schön, dich neben mir zu haben, aber es ist auch angenehm, in Ruhe allein einschlafen zu können", und jetzt lächelte sie wieder. „Vielleicht bist du ja in einiger Zeit reif genug für ein gemeinsames Nachtlager."

„Und welches war deine Glücklichste Zeit mit mir?" Karl hatte allen Mut zusammengenommen, versuchte zu lächeln, obwohl er die Antwort ein wenig fürchtete.

„Die glücklichste Zeit mit dir", sie überlegte kurz, "die glücklichste Zeit mit dir kann ich gar nicht genau festlegen, es gab viele glückliche Momente. Aber vielleicht war eine der glücklichsten Zeiten mit dir die Zeit ohne dich. Es war die Zeit, die ich eigenständig und ohne Rücksichtnahme auf dich oder auch irgendjemand anderen verbringen konnte und intensive Liebesgefühle spürte, wenn ich an dich dachte. Und manchmal waren diese intensiven Liebesgefühle einfach nicht mehr da, wenn du vor mir gestanden bist und mich berührt hast. Ich weiß nicht, warum dies so war. Und ich kann es dir auch nicht erklären. Vielleicht war es einfach nur der nicht aufzulösende Widerspruch zwischen dem Wunschdenken und der Realität."

Karl blieb still. Aber je mehr er darüber nachdachte, desto sympathischer wurde die Vorstellung, dass es ihm manchmal genauso ergangen war. Eine geträumte Liebe ohne Vorgaben und Verpflichtungen zu dem Menschen, den man liebt.

„Macht nicht die tägliche Begegnung und der damit verbundene Beziehungsstress letztendlich alles zunichte?" Seine Stimme klang dabei sehr nachdenklich, aber sie wurde von einem hintergründigen Lächeln begleitet. „Sicherlich", sagte sie und legte ihren Kopf zur Seite, „es ist wohl so." Dann verschwand sie nach oben.

20.limitierter Friede

„Ich habe Dotore Alberto geliebt, nicht so, wie ihr denkt, wie du auch denkst. Ich habe ihn nie so geliebt, wie ich dich liebe. Aber es gibt viele Lieben, die sich nur ausschließen, wenn man kleinbürgerliche Verlustängste hat, weil man Besitzansprüche formuliert. Und du hast auch immer geliebt, dass du mich besitzen konntest."

Sie saßen beim gemeinsamen Frühstück. Karl hatte schon sehr früh für frische Brötchen gesorgt und öffnete eine umwerfende Marmelade, wie Signora Gimani versicherte, die den kleinen Laden um die Ecke betrieb.

„Ich weiß dies, gebe es zu, habe es auch genossen, verzeih mir, aber es waren mit die schönsten Momente unserer Sexualität, wenn ich das Gefühl hatte, dich mit Haut und Haaren zur Lust zu bewegen. Ging es dir nicht auch so mit mir?" Er schnitt verlegen ein Brötchen auf.

„Genau dies ist aber der Besitzanspruch an der Seele des anderen, den ich nicht mehr zulassen wollte. Immerhin hast du ihn nie missbraucht. Aber ich habe erfahren, wie dies sein kann, wenn man sich ausgeliefert fühlt. Einen Menschen kann man nicht und darf man auch nicht besitzen."

„Was heißt das nun?" fragte er, obwohl er längst wusste, was dies bedeuten würde. „Wie glaubst du, kann ein gemeinsames Dasein aussehen und gibt es dafür überhaupt noch eine Möglichkeit?"

„Wie damals", flüsterte sie, „und ich weiß, dass es sehr schwer war für dich, mich damals als Freundin zurückzubekommen, nicht aber als Frau."

Und er wusste, was sie meinte. Damals, als er sie verloren hatte für eine viel zu lange Zeit.

„Ich bin älter geworden, reifer", bemerkte er etwas unsicher, „ich kann dich verstehen und ich glaube, ich kann dies auch leisten, aber ich liebe dich."

„Deine Antwort ist typisch Mann, du setzt Begehren mit Liebe gleich. Ich liebe dich auch und ich werde alles tun dafür, diese Liebe zu pflegen. Aber sie wird sich erschöpfen müssen in zärtlichem Lächeln und distanzierter Umarmung. Wirst du das schaffen?"

Natürlich würde er, er würde alles schaffen, nur um sie bei sich zu haben, auch wenn ihm momentan nicht ganz klar war, wie er dies tatsächlich leben sollte. Aber darauf würde Anna ihm Antworten genug geben können.

Anna hatte ihre Ruhe gefunden, hatte sich für die Sandkastenliebe entschieden, die ihr in ihrem Leben so viele Vorschriften gemacht hatte. Aber sie hatte fast alle ausräumen können und sie mit ihren eigenen Entscheidungen verändert. Anna war mit sich im Reinen, Anna liebte Karl und Anna genoss seine Freundschaft.

Und Karl liebte Anna, verfing sich immer wieder in Erinnerungen, was sie ihm vergab, er war ja schließlich Mann. Aber er lernte fleißig, wobei er durchaus seine Eigenarten behalten durfte.

Wenn er zum Beispiel unleidlich und böllerhaft wurde, umarmte ihn Anna, anstatt ihn zu kritisieren. Denn sie wusste sehr wohl, dass er seinen Part auch nicht so einfach beherrschte. Aber er bemühte sich und Anna registrierte dies manchmal sogar mit ein wenig „Zärtlichkeit" für Karl.

Und so saßen sie auf dem Balkon und beobachteten die untergehende Sonne über dem Gardasee. Vielleicht musste noch ein Fläschchen Rotwein daran glauben, natürlich vom Hauswein, aber Karl und Anna hätten lügen müssen, wenn sie sich nicht glücklich gefühlt hätten.

Und manchmal machte sich Karl auf zu Bella. Anna ahnte es jedes Mal, wenn er ein wenig mehr aufgeregt von einem Termin am Abend sprach, wohin ihn seine Schritte lenkten. Aber sie wusste nicht einmal, ob er dort nur erzählte oder wirklich mehr hatte. Und es war gut so für sie, denn auch sie konnte akzeptieren, dass er eine kleine Welt neben ihr aufrecht hielt, die sie nicht kontrollierte. Auch dies war irgendwann ein notwendiger Lernerfolg gewesen.

Dass Bella aus der Schusslinie der gehobenen Gesellschaft verschwunden war, beruhigte diese sehr und beruhigte auch Bella. Denn obwohl ihre Auftritte ihr sehr viel Spaß gemacht hatten, hatte sie sich doch nie so ganz wohl gefühlt in diesen Gesellschaften. Denn zu oft wurde ihr die Doppelzüngigkeit dieser Menschen deutlich vor Augen geführt und zu oft wurde sie zum Mitspieler dieser Verlogenheit. Es reichte ihr vollkommen, dass man sie unter all den Damen des Etablissements besonders achtete. Und wenn Karl sie besuchte und immer ein Fläschchen Sekt mitbrachte, nahm sie sich Zeit für ihn und sein Herz, das er ohne Bedenken bei ihr öffnen konnte. Meist ließ er dann einen nicht unerheblichen Geldbetrag in ihrem Nachtschränkchen zurück, wenn er ging, und manchmal auch eine Rose.

So hatte sich eine Freundschaft gefestigt zwischen Bella und Karl, die existieren durfte, wenn die beiden sich trafen, nicht aber öffentlich war. Und solange keine Besitzansprüche am Gegenüber formuliert wurden, konnte diese Beziehung auch problemlos gedeihen und sogar wachsen.

Im Gegenzug wurden Anna und Karl jetzt öfter mal zum Abendessen oder zu einem Glas Wein eingeladen, unter anderem auch, um sicher zu gehen, dass beide gemeinsam auftraten. Denn eine Provokation der guten Gesellschaft im vergangenen Sinne war dann nicht möglich. Vielleicht bestand auch das eine oder andere Interesse an Annas Erfahrungen, aber eine engere Beziehung konnte Karl nie so richtig beobachten.

Dagegen trafen die Beobachtungen und die daraus gezogenen Schlüsse von Anna, was das Flüchtlingsproblem anbelangte, immer mehr auf Widerstand. Deutlich war der Rechtsruck in der Gesellschaft Italiens spürbar und seit der italienische Innenminister Matteo Salvini von der rechtspopulistischen Partei Lega in der Regierung den Ton angab, gab es zunehmend auch aus gebildeten Kreisen nicht nur verhaltene, sondern auch aggressiv populistische Einstellungen, die jede demokratische Richtung in Frage stellten.

In Deutschland, so sah es Karl, war die Tendenz nicht anders, aber eben nicht in solcher Stärke. Letztendlich waren die Rechtsorientierten hier wie da nicht diskussionsfähig, vor allem, wenn es um die jüngere Geschichte beider Staaten und den erlebten Faschismus ging.

Und hier setzte Karl klare Grenzen. Warum waren so viele blind oder gaben sich blind, so seine immer wieder aufkommenden Zweifel. Warum sah er dies sogar bei vielen Menschen, die es eigentlich von ihrer Bildung her hätten besser wissen müssen.

Aus den Andeutungen gegen die Flüchtlingsbewegung, immerhin zu einem Zeitpunkt, an dem die

Bewegung längst abgeebbt war, wurden zunehmend Einschränkungen der Lebensqualität und dann Bedrohungsszenarien.

Hier wurden Anna und Karl eine uneinnehmbare Kraft gegen Dummheit und Populismus, gegen „Rechts" und jede Form der Manipulation, auch gegen die religiöse.

Und mit stärker werdenden rechten Tendenzen in Italien wurde auch der Kontakt umgekehrt proportional weniger. Als Europäer in der EU wurde man zunehmend als Ausländer von der rechten Szene gesehen. Und so würde der Italiener die Welt für den Italiener, der Deutsche für den Deutschen und der vom Balkan für seine Heimat retten gegen die Infiltration durch Ausländer, bestehend aus den ursprünglichen Europäern, hier dann Italiener oder Deutsche. Eine völlig absurde Vorstellung.

„Und was kann diese Tendenzen denn noch verhindern? Wird es nicht über kurz oder lang zu rechtsorientierten und vielleicht sogar wieder faschistischen Regierungen kommen? Müssen wir Angst haben in Europa?" Anna schaute ihn fragend an. „Haben wir nicht ein Endzeitszenario, wie wir es am Ende der Weimarer Republik erlebt haben?"

Immerhin konnte Karl Einiges nennen, was sich aus historischer Sicht heute doch unterschied vom Ende der Weimarer Republik. „Es fehlt der heutigen Rechten beziehungsweise rechtsradikalen Bewegung der charismatische Führer wie etwa Hitler, der zwar damals nicht allein mit fraglichen Inhalten wie Feindbildern, Bedrohungsszenarien oder Angstmache agierte, aber begeisterte und mitriss, auch wenn seine Propaganda aus leeren Hülsen bestand. Und schau dir die heutigen politischen Führer der rechten Szene an, sie sind zudem nicht einmal Führungspersonen einer gemeinsamen Bewegung, sondern auch noch untereinander zerstritten."

Anna bestätigte seine Darstellung, warf aber ein, dass die nationalsozialistische Bewegung schließlich aufgrund der Schwäche der etablierten Parteien der Weimarer Republik die Macht übernehmen konnte. Sie konnten sich nicht einigen und wollten Hitler gar in die Zange nehmen, bis er „quietsche. Und ich sehe in den europäischen Ländern die Gefahr, dass die Parteien erneut versagen werden, wenn sie sich nicht einig sind bei ihrem Kampf gegen rechts. Auch Teilzugeständnisse oder fehlende klare Abgrenzung können dabei eine fatale Rolle einnehmen."

„Und der Versuch, durch erfundene Bedrohungsszenarien Angst zu schüren, um dann mit antidemokratischen Maßnahmen Ruhe und Ordnung durchsetzen zu wollen, das kennen wir ja aus dem Antisemitismus. Ich weiß, dass es noch lange nicht das Gleiche ist, aber die Tendenzen dahin machen mir Angst."

Sie schwiegen nachdenklich, fast betreten.

Und irgendwann mussten auch Anna und Karl einsehen, dass mit den Menschen, die Gott angeblich als sein Ebenbild geschaffen hatte, keine Vernunft siegen würde. Es waren immer Profitgier, Machtgelüste und Manipulationsversuche, die die Menschen steuerten. Die Vernunft blieb auf der Strecke und der Kantsche Aufruf, dass sich jeder seiner Vernunft bedienen sollte, wurde wieder einmal aktuell, wie lange nicht mehr.

Zurück blieb eine traurige Demokratie ohne Menschen, die sie wirklich verteidigten. Und dies kannte man nun tatsächlich aus der Geschichte. Eine Regierungsmitnahme der Rechten, und sei die Garantie, man hätte sie im Griff, noch so überzeugend, führte zum faschistisch orientierten Chaos. Denn man paktierte mit einer Bewegung, die Demokratie hasste und nur ihre eigene Richtung akzeptierte.

„Schaut euch die Entwicklung in Weimar an!" Immer wieder warf Karl es den Protestlern und Angstmachern entgegen, aber offensichtlich kannte keiner mehr die damalige fatale Entwicklung oder wollte sie nicht mehr kennen.

Aber Anna gab nicht auf und Karl unterstützte sie, wo er konnte. „Wir werden irgendwann an der Dummheit der vielen Menschen sterben", sagte sie, „die partout fremdbestimmt werden wollen, weil sie sich vor einer eigenen Meinung und deren Vertretung fürchten. Dies wäre auch zu anstrengend, man lebt ja im Wohlstand."

Und dann drängte sich der Schluss auf, dass nicht die Not der Arbeiter letztendlich dem Faschismus den Weg geebnet hätten, wie man es in der Schule oft gehört hatte, sondern die Gutsituierten, Reichen und Mächtigen den Faschismus wollten.

Anna erkannte immer mehr die schier verlorene Position ihrer beider Kampf gegen rechte Ignoranz und gegen rechtes Dienertum. Und nicht selten saßen sie nach solchen Diskussionen Stunden auf der Terrasse, den Blick auf den See, der noch ruhig war, aber irgendwann überschäumen müsste, um sich gegen diese Beschränktheit im Denken zu wehren.

Und dann spürten sie ihre Nähe, die sie über die vielen Jahre hinweg zusammengehalten und immer wieder Mut für neue Versuche gegeben hatte.

„Wenn der Mensch sich nicht ändert", sagte sie „und Gott die Menschen nicht ändert", fügte er hinzu, und in diesem Moment waren sich beide der traurigen Gewissheit sicher, „dann bleibt es so, wie es jetzt ist, und lässt sich gar nicht ändern."

Aber sie fühlten sich gut, wieder einmal gegen allen Widerstand die Grundfesten des Zusammenlebens verteidigt zu haben, auch wenn, wie an den vielen Abenden im Kreise anderer, nur wenige, vielleicht ein oder zwei der Anwesenden ihnen zugehört und im günstigsten Falle sogar ihre Meinung geändert hatten.

Und im Licht des Mondes spiegelte sich auf dem See der Schatten der Demokratie, der sich noch ruhig und zufrieden verhielt. Aber jeder wusste, dass der Herbst immer Stürme mit sich bringen würde.

„Eigentlich habe ich immer nur die Angst vor dem „Nichts" gehabt, obwohl ich immer genug hatte von Allem", er lächelte versunken, sah sich nackt im Spiegel und fürchtete sich nicht mehr.

Mir ging es ebenso und manchmal ergreift es mich immer noch, die Angst vor dem „Nichts", obwohl ich alles dafür tun konnte, das „Nichts" nie zu erleben und für immer zu besiegen."

An diesem Abend im Angesicht des ruhenden Sees nach langer und hitziger Diskussion, versank Anna mit all dem wunderbaren Charme ihrer Augenmeere tief in Karls liebendem Blick und lächelte so aufreizend, wie sie es schon lange nicht mehr getan hatte.

„Willst du nicht mit nach oben kommen, natürlich nur um mich in den Schlaf zu begleiten?" Sie machte eine provokant lange Pause. Dann fügte sie hinzu: „Erwarte bitte nichts, aber wünsche dir alles, was du dir vorstellen magst", und sie schwebte die Treppe nach oben, während Karl ihr mit klopfendem Herzen folgte.

Zeitfracht Medien GmbH
Ferdinand-Jühlke-Straße 7
99095 Erfurt, Deutschland
produktsicherheit@kolibri360.de